みちのく妖怪《ようかい》ツアー

佐々木ひとみ・野泉マヤ・堀米薫 作
東京モノノケ 絵

新日本出版社

みちのく妖《よう》怪《かい》ツアー

目次

この夏、妖怪《ようかい》たちがきみを待っている！

座敷《ざしき》わらし、鬼婆《おにばば》、ナマハゲ……、東北地方には妖怪がいっぱい。そんな妖怪について勉強できる特別なバスツアーだ。

ひょっとすると、本物の妖怪に会えるかも！　このツアーに参加すれば、妖怪が好きな人はもっと好きになるし、嫌《きら》いな人も好きになる。妖怪を、夏休みの自由研究のテーマにしたい人も大歓迎《だいかんげい》だ。

さあ、きみも妖怪たちに会いに行こう‼

旅行行程：８月１日～４日の３泊《ぱく》４日。
　　　　　東北地方の各地をまわる。
募集《ぼしゅう》定員：20名（小学４年生以上）
＊子どもたちの自主性《じしゅせい》を育てるため、保護者《ほごしゃ》の参加は受付しません。
募集締《し》め切《き》り：2018年７月１日
お問い合わせ：㈱みちのくトラベル　　☎　022-×××-5814《コワイヨ》

1 安達《あだち》ケ原《がはら》の鬼婆《おにばば》

八月一日の朝。夏休みの駅前はいつもより人が多く、混雑《こんざつ》している。バスプールには観光バスが何台もとまり、客が次々と乗りこんでいる。

「みちのく妖怪《ようかい》ツアー」のバスはどこ？　あ、あれだ！

バスは、ずいぶん変わった形をしていた。前方が、まるで犬の鼻先のようにつき出ている。昔走っていた、古いタイプのバスだ。テレビのドラマで見たことがある。

クリーム色の車体のところどころに、茶色いサビが見える。車体の横に赤いペンキで書かれた「㈱みちのくトラベル」の文字も、色あせた感じだ。

けっこう古いバスなんだ。ちゃんと走るのかな……。

ちょっとがっかりしながら、バスをながめた。日よけのフィルムでも張《は》ってあるのか、窓《まど》の中の様子は見えない。バスの乗車口には、黒いスーツ姿《すがた》の添乗員《てんじょういん》さんが立っていた。すき通るような白い肌《はだ》に真っ赤なくちびる。とっても美人だ。

あたしは、添乗員さんに、自分の名前を告げた。

「おはようございます。あたし、佐藤《さとう》こずえ。黒塚《くろづか》小学校六年です」

「ようこそ、みちのく妖怪《ようかい》ツアーへ」

添乗員さんは口元に、うすい笑《え》みをうかべた。

「みちのく」とは、東北地方のことだ。東北には、福島《ふくしま》、宮城《みやぎ》、山形《やまがた》、秋田《あきた》、岩手《いわて》、そして青森《あおもり》の六県があるってことは、社会の時間に習った。地図で見ると、東京からずいぶん遠い場所に感じたっけ。

添乗員さんは、手帳に目をおとすと、事務的《じむてき》な口調で言った。

「こずえさんの席は、運転席のすぐ後ろです」

「あ、はい……」

いっしゅん、とまどった。小学生向けツアーの添乗員さんにしては、ずいぶんクールな感じだ。でも、あたしはもう小学六年。子どもあつかいされるより、いいかもね。

バスに乗りこむとすぐ、制服姿《せいふくすがた》の運転手さんがいた。ハンドルをにぎって正面を向いている。黒いサングラスをかけ、かぜでもひいているのか、顔の半分がかくれるほどの大きなマスクをしている。

「よろしくおねがいします」

あいさつをすると、運転手さんはだまって、あたしのほうに顔を向けた。

え？　そのしゅんかん、体がかたまった。

サングラスのむこうがわにあるものは、目じゃない！　黒くて深い……、穴《あな》だ！

「こずえさん、早く席についてください」

添乗員《てんじょういん》さんの声で、はっと正気にもどった。運転手さんはすでに、ハンドルをにぎって正面を向いている。

「あ、は、はい……」

あわてて自分のシートに座《すわ》った。バスの中は、思ったよりきれいだった。シートの布《ぬの》も新しくてふかふかしている。外見はひどく古ぼけているけれど、これなら、気持ちよく旅ができそうだ。

シートにもたれかかると、運転席についているバックミラーが目に入った。ちょうど、運転手さんの帽子《ぼうし》のあたりだけがうつっている。頭の中に、黒い穴《あな》がよみがえった。サングラスのむこうに、ぽっかりと開いた黒い穴。あれって何だったんだろう……。胸《むね》がざわざわしてきた。もうちょっと体をのばせば、運転手さんの顔がはっきりと見えるはずだ。ぐっと身を乗り出すと、うまいぐあいに、運転手さんのサングラスが見えた。

運転手さんは、あたしがのぞいていることに気がついたのか、あいさつをするように右手をあげた。サングラスごしに、三日月形に細めた目が見える。うしろからのぞきこんだりしたから、運転手さんに笑われちゃったんだ。

やっぱり。あたしの気のせいだったんだ。やだな、小学六年生にもなってのぞき見するなんて、はずかしい〜。あたしはあわてて、体をひっこめた。

ほっと息をはいた時、添乗員《てんじょういん》さんがマイクを手にして目の前に立った。

「これで、参加者は全員そろいましたね」

え？　あたしがびりだったってこと？　他《ほか》の子たちはもうバスに乗っているの？

おどろいて、後ろをふり返った。みんな小学生だから、座席《ざせき》にかくれて姿《すがた》ははっきりと見えない。でも、座席《ざせき》の上の方に、帽子《ぼうし》やリボンの髪《かみ》かざりが見えた。

よかった。男子だけじゃなくて、女子も乗っているんだ。

このツアーは、見ず知らずの小学生が集まって、みちのく東北の、妖怪《ようかい》スポットをめぐる、ミステリーツアーだ。

添乗員《てんじょういん》さんがすっとおじぎをした。

「はじめまして。わたしは、添乗員の『しかくみか』と申します」

黒いスーツの胸元《むなもと》の、「四角美佳《しかくみか》」という名札《なふだ》。「しかく」って、かわった苗字《みょうじ》だな。

美佳さんは、たんたんとした調子で、言葉をつづけた。

「このツアーに参加した理由は、妖怪が好きだったり、こわいもの見たさだったり、旅に出てみたかったりと、みなさんそれぞれに理由があると思います」

みんなが、うんうんとうなずく気配がした。もちろん、あたしも、そのひとり。

「みちのくは、今でも妖怪たちが、人間のそばで生きつづけている土地でもあります。どうぞ、最後まで、たっぷりと楽しんでください」

美佳さんがそう言い終えると同時に、バスはゆっくりと動き出した。

「パパ、このツアーに行きたい！　お願い、ね、いいでしょ？」

あたしがパパに強引《ごういん》にたのんで、みちのく妖怪《ようかい》ツアーに申しこんだのは、ついこの間のことだ。駅前でもらったチラシを読み返しているうちに、どうしても参加したくなった。

「小学生向けの、妖怪ツアーだって？　こずえは、そんなに妖怪が好きだったっけ？」

パパは、いぶかしげに首をひねった。

「うん、そうだよ。おこづかいをためて、妖怪図鑑《ずかん》を買ったことを知らないの？　いつもリビングで読んでいるんだから」

あたしはこのごろ、妖怪のみりょくに強くひかれるようになった。こわい話に夢中《むちゅう》になっている友だちにつられたから。ううん、それだけじゃないのかもしれない……。

つい、パパを責《せ》めるような口調になる。

「どうせ、あたしのことなんか、どうでもいいんでしょ」

「そんなことはないよ。いつだって、こずえのことはだいじに思っているよ」

パパのあわてたような顔を見たとたん、心の中に、どす黒いものがわきあがってくる。

「だったら行かせてよ。それにさ、あたしがいないほうが、家の中の風通しだっていいんじゃない？」

そういうと、パパと美鈴《みすず》さんが、こまったように顔を見合わせた。

一年前、あたしのパパは美鈴さんと結婚《けっこん》した。

本当のママは、あたしが小さいときに、パパと離婚《りこん》した。おばさんがこっそり教えてくれたけれど、ママは遠い外国でくらしているらしい。あたしは、ママに会ったこともないし、ママの顔は写真で見るだけ。

「美鈴さんは、こずえのママになってくれるんだよ」

パパはそう言ったけど、別にあたしがママになってって頼《たの》んだわけじゃない。だから、あたしは、美鈴さんのことをママとよんだことは、一度もない。

美鈴さんは、おっとりとしていて、やさしい人だ。あたしが熱を出した時も、いっしょうけんめいに看病《かんびょう》してくれた。給食用のランチョンマットも、お店を回ってかわいい布《ぬの》をさがし出し、夜おそくまでかかってぬってくれた。

でも、あたしは、看病してくれた美鈴さんに、お礼を言わなかった。ランチョンマットは部屋においたまま、学校に持って行かなかった。

どうしてだろう。美鈴《みすず》さんにやさしくされればされるほど、素直《すなお》になれない。

だって、おかしいよ。本当のママはあたしを捨《す》てて、どこかへ行っちゃったというのに、他人の美鈴さんがこんなにやさしくしてくれるなんて……。それに、パパが美鈴さんと結《けっ》婚《こん》しなかったら、ママが帰ってきてくれたかもしれないんだもの……。

パパや、本当のママへの不満を、やさしい美鈴さんにぶつけているあたし。そんな自分がきらいになる。だから、本当は少しの間、家からはなれて遠くに行きたかった。小学生だけの妖怪《ようかい》ツアーなら、気晴らしができそうだと思ったんだ……。


みちのく妖怪ツアーバスが東京を出発してもう、五時間はすぎただろうか。山や田んぼの緑が、目にやさしい。とちゅう、福島《ふくしま》の道の駅で、お昼ご飯を食べることになった。

道の駅の玄関《げんかん》にかかげられた看板《かんばん》にふと、目がとまった。

『がんばろう、東北!』。そうだ、学校で習ったっけ。あたしが小さいころ、東北を中心に大きな地震《じしん》による災害《さいがい》があったんだ。どこか、遠いところの出来事のように感じていたけれど、ここには、復興《ふっこう》に向かってがんばっている人が、たくさんいるんだな……。

道の駅では、「こづゆ」というお汁《つゆ》がでて、おわんの横にカードがそえられていた。

「福島《ふくしま》に来てくれて、ありがどなし。会津《あいづ》のごっつお、あがらんしょ」

え、これって福島の言葉？　カードをうらがえすと、わかりやすく書いてあった。

「福島に来てくれて、ありがとうございます。会津のごちそうを、食べてくださいね」

へえ〜、福島の方言でおもてなしか。なんだか、ほっこりする。

さっそく「こづゆ」を食べると、お汁の中に野菜がたっぷり入っていた。里芋《さといも》のねっとり、糸コンのつるつる、そして、きくらげのコキコキといういろいろな食感を、同時に味わうことができた。福島の会津地方に伝わる郷土食《きょうどしょく》らしい。あまりのおいしさに、普段《ふだん》は野菜を食べないあたしが、ぺろりとたいらげてしまった。さらに、福島の桃《もも》がたっぷり入った、デザートの桃パフェにもしたつづみをうった。

お昼ご飯の後は、またバスの旅がつづいた。たいくつを持てあましてきたころ、山の中にぽつんと、大きな建物が見えた。

「みなさん、お待たせしました。バスは、福島の妖怪《ようかい》スポットにとまります」

あたしは、バスの窓《まど》に張《は》りついて、建物を見た。「福島妖怪《ふくしまようかい》ミュージアム」という大きな看板《かんばん》がある。みちのく妖怪ツアーでは、行き先もぎりぎりまで教えてもらえない。

ここが、福島の妖怪スポットってわけか。わくわくしてきた。

「こちらは、福島妖怪ミュージアムのパンフレットです」

美佳《みか》さんが、パンフレットを配って歩いた。

パンフレットを開いたとたん、口元がほころんだ。

すご〜い。ミュージアムの中には三つも展示室《てんじしつ》があって、それぞれに、福島を代表する妖怪が展示されているんだ。写真を見ると、展示されている妖怪人形がとってもリアルだ。クオリティも高そう！

あたしは、見学に持って行くために、パンフレットを小さく折りたたみ、ポシェットに入れようとした。ポシェットに入れた手が、かさりと何かにふれた。

「あ……」

ポシェットの中に入っていたのは、昨日、美鈴《みすず》さんからもらったお札《ふだ》だ。

「こずえちゃん、お守りを持って行って。となり町のお寺さんからもらってきたの。みちのく妖怪《ようかい》ツアーだなんて、なんだか、ちょっとこわそうな名前なんですもの」

自分の部屋で、お守りの袋《ふくろ》をあけてみた。袋の中には、観音様《かんのんさま》の絵がかかれた、紙のお札《ふだ》が入っていた。観音様は、美鈴《みすず》さんと同じようにやさしそうな顔をしている。

「もう、よけいなお世話だよ。あたし、妖怪なんてぜんぜんこわくないんだもの。こんなものいらない！」

あたしは、お札を二つにやぶいて、ごみ箱に捨《す》てた。

朝起きると、ごみ箱の中のお札がいやでも目にとびこんできた。くしゃくしゃになったお札の中で、観音様の顔が悲しそうにゆがんでいる。さすがに胸《むね》が痛《いた》んだ。やぶいたお札をテープで張《は》り合わせ、ポシェットにいれたのだ。

ここまで持ってきたけど、もういいよね。ミュージアムにごみ箱があったら、そこに捨ててしまおう。あたしは、もういちど、ハーフパンツのポケットにお札をつっこみ、パンフレットをポシェットにいれた。

バスは、ゆっくりと、広い駐車場《ちゅうしゃじょう》に入った。他《ほか》にも何台かのバスがとまっている。こんな山の中にあるのに、妖怪ミュージアムはにぎわっているらしい。

あたしは、だれよりも先にバスを降《お》り、妖怪《ようかい》ミュージアムを目指してかけ出した。

最初の展示室《てんじしつ》は、「朱《しゅ》の盤《ばん》の部屋」だった。

「入口」と書かれたとびらを開けて中に入ると、正面に、「朱の盤」の人形がかざってあった。顔が真っ赤な朱色《しゅいろ》で、髪《かみ》は針《はり》のようにとがり、ひたいには角が一本はえている。

顔からこぼれ落ちそうなほど大きな目はぎらぎらと輝《かがや》き、口は耳までさけている。

パンフレットを読むと、「朱の盤はその昔、会津《あいづ》の城下町《じょうかまち》で、お侍《さむらい》が出くわしたといわれる妖怪」と書いてあった。

こんな妖怪にとつぜん会ったら、どんなに強いお侍さんだって、腰《こし》をぬかしちゃうな。

とつぜん、朱の盤が口をがばっと開けたかと思うと、キバをガチガチと鳴らした。

「きゃあ〜、生きている！」

他《ほか》の子たちがひめいをあげるので、うんざりした。妖怪の人形だもの、こわかったり気持ち悪かったりするようにできているのよ。

次の展示室は、「お尻目《しりめ》こぞうの部屋」だ。

「入口」と書かれたとびらを開けると、目の前に林が広がっていた。泥《どろ》だらけの道の真ん中に、やぶれがさをさした、着物姿《きものすがた》の男の子の人形が立っていた。

かわいい顔をしているなと思ったしゅんかん、男の子の着物のすそがくるくると持ちあがった。すその下からぺろりとあらわれたお尻《しり》には、ぎょろぎょろと動く目玉が、びっしりとついていた。

「ぎゃあ〜、気持ち悪い〜」

ここでも、他《ほか》の子たちがぎゃあぎゃあさわぐ。パンフレットにも、「お尻目こぞうに出会った人は、気を失ったそうな」と書いてあるけれど、ここにいるのは人形だよ。

あたしは、ふるえあがっている子たちを鼻で笑いながら、次の展示室《てんじしつ》を目指した。

いよいよ最後は、「安達ケ原《あだちがはら》の鬼婆《おにばば》の部屋」だ。

「あれ……どういうこと？　とびらが二枚《まい》ある」

あたしは、二枚並《なら》んだとびらの前で首をひねった。右側のとびらには、「入口」。左側のとびらには、「∞」とかいてある。「∞」って、何の印だっけ。え〜と、前にクイズ番組で見たことがあったんだけど……。ぼんやり考えていたら、後ろから来た子にせかされた。

「ねえ、早く行ってちょうだい」

「あ、うん……」

あわててあけたのは、「∞」のとびらだった。

展示室《てんじしつ》の中に入ったとたん、ひゅっと息をのむ。これまで見てきた展示室とちがって、夕方のようにうすぐらい。雑草《ざっそう》のおいしげる野原がどこまでも広がっていた。ふり返っても、さっき入ってきたはずのとびらが見えない。

あたしは、急に心細くなった。

展示室の中なのに、どうしてこんなに広いの？　みんな、どこに行っちゃったの？

不安をかかえたまま、野原の中を歩きつづけた。

どのくらい歩いただろう。野原の奥《おく》に、ぽつんとだいだい色の灯《あか》りが見えた。

灯りに引きつけられるように、足がかってに動いていく。灯りがもれているのは、かやぶきの屋根が今にもくずれそうな、古いあばら屋だ。

家のそばまでたどりついた時には、へとへとになっていた。

もう、どんだけ広いのよ。この展示室ったら……。

あたしは、ポシェットからパンフレットをとり出した。家からもれる光をたよりに、展示室の説明を読んでみた。

――昔、福島《ふくしま》の安達ケ原《あだちがはら》に、妖怪《ようかい》、鬼婆《おにばば》が住んでいた。宿を求めてきた旅人をおそっては食べたといわれ、「安達ケ原の鬼婆」としておそれられていたそうな。鬼婆は、観音様《かんのんさま》の力をかりた旅の僧《そう》によって、成敗《せいばい》されたという。

ははあん、そうか。ここには、福島を代表する妖怪、安達ケ原の鬼婆の人形があるわけね。さすが、力を入れて、展示室《てんじしつ》も広くとっているわけだ。

そう考えたら、少し安心して、あばら屋を観察するよゆうができた。

障子《しょうじ》に、人のかげがうつっている。たぶん家の中に、鬼婆の人形が展示してあるんだろうな。どうしよう、障子を開ける?

障子に手をかけたしゅんかん、つばをごくりと飲みこんだ。いくら人形だからって、おそろしい鬼婆の姿《すがた》をひとりで見るのは、やっぱりこわい。でも、せっかく来たのに、見ずに帰るなんてもったいないいか。

思い切って、障子を開くと、囲炉裏《いろり》ばたにすわる、おばあさんの人形が展示してあった。人形は水色の着物に青い帯をしめ、白い髪《かみ》の毛をきれいにたばねている。年をとってしわはあるけれど、品の良い、きれいなおばあさんだ。

こわい姿《すがた》じゃなくてよかった。ほっと息をはいた時。

「おや、どちらさんかな？」

「へ？」

ぎょっとして顔を上げると、おばあさんが囲炉裏《いろり》ばたから立ちあがっていた。

うそ……、人形じゃなかったの？　ってことは……、そうか、テーマパークでよくやっているよね。物語を再現《さいげん》するお芝居《しばい》だ。

「あ、あの……、もしかしたら、おばあさんは役者さん？」

「え？」

おばあさんは、あたしの言ったことがよく聞こえなかったのか、耳に手を当てた。そして、あたしの問いには答えずに、やさしい声で言った。

「ずいぶん疲《つか》れた様子だなあ」

「は、はい……」

あたしは、こくりとうなずいた。体中にどっと疲れがおしよせるのを感じていた。きっと、うすぐらい展示室《てんじしつ》の中を歩きまわっていたせいだ。

おばあさんは、きゅうすから、茶碗《ちゃわん》にお茶をそそいだ。

「ずいぶん歩いたんだろうて。さあ、こちらに来てお茶でもおあがり。きれいな清水《しみず》でいれた、おいしいお茶だよ」

「は、はい……」

あたしは、のどがカラカラだったことに気がついた。縁側《えんがわ》から部屋へあがり、ワラで編《あ》んだ丸いざぶとんにすわった。おばあさんに出されたお茶を飲むと、ほんのり甘《あま》みのあるお茶が体中にしみわたり、生き返るような気持ちがした。

「はあ、おいしかった！　ありがとうございます」

あたしが頭を下げると、おばあさんはうれしそうにうなずいた。でも、こんなところで、ゆっくりしているわけにはいかない。早くこの展示室から出ないと、バスの集合時間におくれちゃうよ。出口の場所を教えてもらおう。

あたしが口を開こうとすると、おばあさんがおかしそうに笑った。

「おやおや、あんた、もしかしたら、おなかがへっているんじゃないか？」

おばあさんがそう言うと同時に、あたしのおなかがぐ〜っと音を立てた。

やだ、はずかしい！　あたしったら、おなかがへってたんだ。

おばあさんは、にこにこしながら土間に降《お》りた。

「まあ、ここで少し休んでいくがいい。そうだ、なにかおいしいものを作ってあげよう。ちょっとだけ、待っていてくだされ」

「あ、はい……」

おばあさんが家を出ていくと同時に、強い眠気《ねむけ》がおそってきた。たまらずに、囲炉裏《いろり》のそばで、横になってしまった。

どのくらい、うとうとしていただろう。みょうな物音に気づいて、目が覚《さ》めた。

シャッシャッ……。ろうかをへだてた奥《おく》の部屋から、何かがこすれあうような音が、聞こえてくる。おばあさんなら、家の外に出ていったはずだ。もう帰ってきたのだろうか。

それとも、他《ほか》にだれかがいるの？

ドキドキする胸《むね》をおさえながら、そっとしのび足で奥の部屋へ向かった。奥の部屋は、つぎあてだらけのふすまで閉《と》じられていた。ふすまの間に、わずかなすき間がある。

すきまに目を当てたしゅんかん、目をうたがった。

ほ、骨《ほね》だ！

部屋の中には、白い骨がごろごろと転がっている。しかも、人の骨だ！

そして、暗闇《くらやみ》の中にいるのは……！　お、お、鬼婆《おにばば》！

白い髪《かみ》を逆立《さかだ》てた鬼婆が、包丁をといでいた。

鬼婆の口は耳までさけ、ヘビのような舌《した》がちょろちょろとうごめいている。ぎょろりとした目は血走り、何かにとりつかれたように、怪《あや》しい光をおびていた。

これは人形？　それとも、役者さん？

「∞」の印のついた、きみょうなとびら。どこまでも続く野原。引《ひ》き寄《よ》せられるように向かったあばら家。そして目の前の鬼婆……！　ここはいったいどこ？

顔からさ～っと血がひき、足がガクガクとふるえ出した。

「えへえへ、ひさしぶりに、若《わか》い女の肉が食えるわい」

鬼婆はにたりにたりと笑いながら、包丁の刃先《はさき》に指を当て、切れ具合をたしかめた。

若い女の肉って、まさか、あたしのこと？

た、助けて！　のどまで出かかった声を飲みこみ、両手で口をおさえた。

早く、早く！　ここから逃《に》げなくちゃ！

なんとか縁側《えんがわ》までたどりつき、スニーカーをはいたしゅんかん。

バン！　と激《はげ》しい音がして、ふすまが開いた。そこには、正体を現《あらわ》した鬼婆《おにばば》が、包丁をふりかざして立っていた。

「きゃー！」

あたしは、逃げた。暗い荒《あ》れ野原《のはら》を、むがむちゅうで走りつづける。枯草《かれくさ》が足にからみ、木の枝《えだ》がぴしぴしと顔を打つ。

「まて〜！　逃げられると思っているのか」

後ろから、おそろしいうなり声が聞こえた。鬼婆がおいかけてきたのだ。

あたしはついに、地面にたおれこんだ。息がきれて、もう限界《げんかい》だった。

ど、どうすればいいの？　助けて、パパ！

あたしの頭には、パパ、そしてもうひとり、美鈴《みすず》さんの顔がうかんでいた。

あ！

あたしは、ひっしで、ハーフパンツのポケットをさぐった。そして、しわくちゃになったお札《ふだ》を取り出した。

パンフレットには、「旅の僧《そう》が観音様《かんのんさま》の力をかりて、鬼婆《おにばば》を成敗《せいばい》した」と書いてあったはず。もしかしたら、観音様のお札にも、何か特別な力があるかもしれない。そう信じたい。あたしは、手の中のかすかな望みをにぎりしめた。

「ふははは、もう逃《に》げられないぞ～」

鬼婆は、あたしのすぐ目の前に来ていた。

「お願い！　助けて！」

あたしは、鬼婆に向かってお札を投げつけた。

次のしゅんかん、手で目をおおった。お札から、あたりを昼間に変えてしまうほどの、まばゆい光が放たれたのだ。光は矢となって、鬼婆の体を打ちぬいていく。

「ぎゃあ～あ～あ～あ～」

鬼婆がもだえながら、その場にばたりとたおれた。不思議なことに、おそろしい鬼婆の姿《すがた》が、白い髪《かみ》のおばあさんの姿にもどったかと思うと、顔からみるみるしわが消えていく。

鬼婆《おにばば》がたおれたあとには、若《わか》い女のひとがうずくまっていた。

あたしの目は、女のひとの顔に、くぎづけになった。なだらかなカーブをえがいたまゆに、三日月の形をした目。なんてやさしそうなひとなの……。

あたしは、女のひとに近づくと、体をだきおこした。

「どうしてあなたは、あんな鬼の姿《すがた》になってしまったの？　ねえ、どうして？」

女のひとは、今にも消え入りそうな声でつぶやいた。

「わたしはかつて、お世話をしていた姫《ひめ》の命を救うために、あやまって自分の娘《むすめ》の命をあやめてしまったのです……。ああ、わたしのだいじな娘……」

女のひとの目から、一すじの涙《なみだ》が流れた。

「わたしは、悲しみのあまりに気が狂《くる》い、鬼婆の姿となってしまった。そして旅人をあやめては、罪《つみ》を重ねてきたのです……」

あたしは胸《むね》がしめつけられそうになった。おそろしい鬼婆に、そんな悲しい過去《かこ》があったなんて……。

女のひとの口もとに、かすかな笑《え》みがうかんだ。

「でも、やっと今、愛《いと》しい娘《むすめ》のそばに行くことができるのですね……」

そうつぶやくが最後、女のひとはがくりと息たえた。その姿《すがた》はたちまち白い煙《けむり》となり、骨《ほね》一つ残さずに消えてしまった。

「鬼婆《おにばば》が消えた……。すべてが終わった。あたしは助かったんだ」

あたしは、体中から力がぬけていくのを感じていた。その場に、ぺたりとしゃがみこんだまま、しばらくの間、動くことができなかった。

「ううん、まだ終わっちゃいないよ。早く出口をさがさなくちゃ」

なんとか立ち上がろうとした時、観音様《かんのんさま》のお札《ふだ》が地面に落ちているのに気がついた。観音様が、あたしを守ってくれた。お守りを持たせてくれた、美鈴《みすず》さんのおかげだ。なのに、あたしったら、美鈴さんにひどいことばっかり……。

涙《なみだ》がわっとこみあげてきた。あたしは涙をぬぐいながら、お札を拾おうとした。すると、お札をとめておいたテープがぺらりとはがれ、お札はあたしがちぎった時のように、まっぷたつになった。

そのとたん、あたりの景色が、うずを巻《ま》くようにぐるぐると回り始めた。あっという間にあたしまで、そのうずの中に巻きこまれていく。

「え？　いったい何が起きているの？　出口はどこ？　どこなのよ〜！」

あたしは、ひゅっと息をのむ。これまで見てきた展示室《てんじしつ》とちがって、夕方のようにうすぐらい。雑草《ざっそう》のおいしげる野原がどこまでも広がっていた。ふり返っても、さっき入ってきたはずのとびらが見えない。

展示室の中なのに、どうしてこんなに広いの？　みんな、どこに行っちゃったの？

不安をかかえたまま、野原の中を歩きつづけた。

どのくらい歩いただろう。野原の奥《おく》に、ぽつんとだいだい色の灯《あか》りが見えた。灯りに引きつけられるように、足がかってに動いていく。灯りがもれているのは、今にもかやぶきの屋根がくずれそうな、あばら家だ。

あたしは、この景色を、もう何度《なんど》見ただろう……。

この先に何があるかわかっているのに、引き返すことができない。

あたしがあけた入り口「∞」の印の意味は、もうはっきりと思い出した。

無限《むげん》ループ……。永遠《えいえん》のくり返し。
あたしが鬼婆《おにばば》の世界から出ることができるのは、いったいいつ？
お願い、だれか教えて！

（堀米薫・文）

2　たんころりんの逆襲《ぎゃくしゅう》

通路を歩く、人の気配で目が覚《さ》めた。うっすらと目を開けると、ぼくの席の横を添乗員《てんじょういん》さんが通りかかったところだった。具合が悪い子はいないか、後ろの席からチェックしてきたらしい。

「少しおくれてるわね。夕食に間に合えばいいんだけど。みんな食べてくれないと……」

目を覚ましたぼくに気づくこともなく、添乗員さんはぶつぶつ言いながら通《とお》りすぎて行った。少し低めの声が五年二組担任《たんにん》の伊達《だて》先生にそっくりで、声を聞く度《たび》にドキッとする。

いつの間にか、窓《まど》の外はいちめんの夕焼けになっていた。遠くに見える山並《やまな》みも、そのすそ野に広がる田んぼも、ぼくらが乗っているバスの中も、オレンジ色にそまっている。

さっき道路標識《ひょうしき》に「仙台《せんだい》」という文字がちらっと見えたから、もうすぐ仙台に着くらしい。ひとつあくびをして、一日目の宿をたしかめようと、リュックの中から旅のしおりを取り出した。

——仙台泊《せんだいはく》。二つ折りの小さなしおりに書いてあるのは、それだけだ。保護者用《ほごしゃよう》の資料《しりょう》にはもっと細かく書いてあるんだろうけど、ぼくらにわたされたしおりにはそれしか書いていない。どこに泊《と》まるのか、どこへ行くのか、何を見て、何を食べるのか、参加した子どもたちにいっさい知らせないっていうのが「みちのく妖怪《ようかい》ツアー」のルールらしい。

こういうの、「わくわくする！」って子もいるんだろうけど、ぼくはムリ。「ちゃんと教えてよ！」って思う。サプライズは好きじゃないんだ。

ふうっとため息をついて見回すと、バスの中はあいかわらずシーンとしている。まるで水泳のあとの教室みたいだ。空気がとろんとしていて、すぐまた眠《ねむ》ってしまいそうだ。

ぼくは運転席側の前から二番目で、みんな二人がけの席に一人ずつ座《すわ》っているから、後ろの方の様子はわからない。けれど、少なくとも、通路をはさんだ席の子と、その後ろの席の子はすっかり寝入《ねい》ってしまっているのがわかる。前の席の子はいない。福島《ふくしま》でいなくなった。添乗員《てんじょういん》さんによれば、福島妖怪ミュージアムに親戚《しんせき》の人が迎《むか》えにきたのだそうだ。

いいなぁ、と思った。こんなツアー、できることならぼくだってパスしたいよ！

「ぜったい楽しいわよ」って母さんが勝手に申《もう》しこんだこのツアーを、ぼくはあんまり信用していない。「妖怪《ようかい》」なんて言ったって、どうせ着ぐるみが出てきておどかすとか、お年寄《としよ》りが出てきて土地に伝わる話をするとか、せいぜいそんなもんだと思ってる。

どんな「妖怪」が出てくるか、しっかり見届《みとど》けてやる。

そいつが安っぽかったり、子どもだましだったりしたら、思いっきり笑ってやる。

そして、帰ったら母さんに、「あれのどこが楽しいの？」って文句《もんく》を言ってやるんだ。

ぼくは、手の中の旅のしおりをくしゃくしゃに丸めて、リュックの奥《おく》に突《つ》っこんだ。


ようやく宿についたときには、日はすっかり落ちていた。

――木練屋旅館。

それが、今夜のぼくたちの宿の名前だった。「木練」と書いて「こねり」と読む。名前も変わってるけど、木練屋はふんいきも独特《どくとく》だ。まず、場所だ。ふぜいがある温泉《おんせん》とか、海が見える丘《おか》の上とかじゃない。三方をビルに囲まれた、街《まち》のど真ん中にあるのだ。

東北自動車道を降《お》りて長いトンネルをぬけ、最初に見えてきたのはビルが立ち並《なら》ぶ街並《まちな》みだった。ファッションビル、デパート、飲食店、オフィスビル……。仙台《せんだい》は、思ってた以上に都会だった。そして、木練屋《こねりや》は中でもにぎやかな仙台駅のすぐ近くにあった。

高い塀《へい》に囲まれていて、外から中の様子は見えない。ただ、塀の上からたくさんの木がのぞいているところを見ると、中に大きな庭があるらしいってことだけは分かった。

バスを降《お》りたぼくらは、荷物を手に古めかしい門をくぐった。

石だたみの小道を少し歩いたところでようやく、木造《もくぞう》二階建ての建物が見えてきた。それほど大きくはないけれど、時代劇《じだいげき》に出てくる殿《との》さまのお屋敷《やしき》のような、古くて立派《りっぱ》な建物だ。ぼくがまだ幼稚園《ようちえん》だった頃《ころ》、東北地方を中心に大きな地震《じしん》があって、仙台もひどい被害《ひがい》を受けたって聞いていたけど、そんな痕跡《こんせき》はまったく見えない。

もう一つ不思議なのは、近くに仙台駅があり、片側《かたがわ》四車線の大きな道路もあるのに、電車の音も車の音もまったく聞こえないってこと。それどころか、木はどれも屋根より高くそびえ、森のように茂《しげ》っているため、まわりのビルもほとんど見えない。見えるものは、枝《えだ》と枝の間からのぞいている空だけ。まるで、別の空間に入り込《こ》んでしまったみたいだ。

辺《あた》りをうかがいながら歩くうちに、立派《りっぱ》な屋根つきの玄関《げんかん》についた。

「いらっしゃいませ」と迎《むか》えてくれたのは、くすんだオレンジ色の着物を着た小柄《こがら》な女の人だった。田舎《いなか》のおばあちゃんよりも、ずっと年をとっているようで、おだんごに結《ゆ》った髪《かみ》は真っ白。顔はしわだらけだ。

「遠いところをようこそいらっしゃいました。私《わたし》は木練屋《こねりや》のおかみでございます。大きな木が多くて、驚《おどろ》いたでしょう？　これは『屋敷林《やしきりん》』といって、昔、仙台《せんだい》では、どの家もこんな風に木を植えていたんですよ」

言いながら、おかみさんはあたりの木を指さした。

「木は、家を建てる建材や薪《まき》として利用できるほか、風や火災《かさい》から家を守ってくれます。築《ちく》百年を超《こ》える木練屋が東日本大震災《だいしんさい》で無事だったのも、屋敷林が守ってくれたおかげだといわれています。今夜、当館は『みちのく妖怪《ようかい》ツアー』のみなさんの貸《か》し切《き》りです。屋敷林に守られた古い旅館のふんいきをごゆっくりお楽しみくださいませ」

おかみさんはそう言うと、しわだらけの顔でにやりと笑った。

「ゆっくり」と言われたものの、宿の夕食の時間はとっくにすぎていたみたいで、「部屋に荷物を置いたら、すぐに食堂に集合！」ということになった。


教室ほどの広さの食堂には、すでに料理が用意されていた。

部屋は予想どおり畳敷《たたみじ》きだったけど、畳の上に赤いじゅうたんが敷《し》かれ、そこにテーブルとイスが並《なら》んでいて、和風レストランのような雰囲気《ふんいき》だった。四人ずつ座《すわ》るテーブルには、白いテーブルクロスもかかっていて、なかなかおしゃれだ。

全員が席に着いたところで、「それでは、いただきましょう」と、添乗員《てんじょういん》さんが声をあげた。それを合図に、あちこちから「いただきまーす」と声があがる。

「本日のお料理は、仙台《せんだい》名物を中心にご用意させていただきました」

おかみさんが紹介《しょうかい》してくれたのは、こんがり焼いた笹《ささ》かまぼこ、白菜やきゅうりの漬物《つけもの》と青い南蛮味噌《なんばんみそ》漬けが添《そ》えられた牛タン焼き、仙台味噌を使った芋煮汁《いもにじる》に、デザートはずんだ餅《もち》だ。どれも、仙台で生まれた料理なのだそうだ。

お膳《ぜん》には、このほかに、野菜の天ぷらとお刺身《さしみ》がついている。

みんなは口に運ぶたびに、いちいち「わぁっ」と歓声《かんせい》をあげている。

「この笹《ささ》かまぼこ、すっごくふわふわしてる！」

「牛タンも、やわらかくてうまーいっ！」

テンションが上がりまくるみんなを横目に、ぼくもとりあえず箸《はし》をとった。そこへ、

「おなかすいたでしょう？　さあ、たくさん食べてくださいね」

おかみさんがパタパタとご飯を運んできてくれた。

え、おかみさん？　ふつう仲居《なかい》さんとかが運ぶんじゃないの？

見まわすが、ほかに人はいない。厨房《ちゅうぼう》から出てくる気配もない。そういえば、旅館に着いてから今まで、おかみさん以外のスタッフを一人も見かけていない。

いったいどうなっているんだろう？

一人でツアー全員分の料理を作ったり運んだりって、大丈夫《だいじょうぶ》なの？

もっとよく見ようと厨房の方をうかがっていたら、

「はいどうぞ、めしあがれ」

おかみさんが目の前に立ちふさがった。大きな茶わんに、ご飯が山もりに盛《も》りつけられている。そのご飯の量をみて、げんなりした。

ぼくは小食な上に好ききらいが多くて、基本的《きほんてき》に、好きなものしか食べたくない。給食はいつも残すし、家のご飯も、お姉ちゃんの半分ぐらいしか食べない。ご飯は食べないけどお菓子《かし》は食べるから、食事のたびに母さんにしかられまくっている。

「ありがとうございます」

ずっしり重たい茶わんを両手で受け取ったものの、全部食べる気はまったくなかった。

ご飯をふた口。里いもが入った具だくさんの芋煮汁《いもにじる》をひと口。それから熱々《あつあつ》の牛タンと笹《ささ》かまぼこをそれぞれ一切れと、マグロのお刺身《さしみ》、エビの天ぷらをひと口食べたところで、

――もういいや。

そっと箸《はし》をおいた。全部それなりにおいしいけれど、食べたくないものを食べるのは、これが限界《げんかい》だった。

「ごちそうさまでした」

つぶやいた瞬間《しゅんかん》だった。おかみさんが、くるりとふり返った。

「おや、どうしました？　もう食べないの？」

ほら来た。大人はいつもこうだ。食べないとすぐに悪者あつかいなんだ。

次に来るセリフはたぶん、「もっと食べられるでしょ？」だ。

「もっと食べられるでしょう？」

ほらね。いつも思うんだけど、「もっと食べられる」かどうかなんて他人にわかるわけがない。どうして大人は、ぼくが「もっと食べられる」と勝手に決めつけるんだろう。

「いえ、ぼくもう、おなかいっぱいなんで」

わざとらしくおなかをさすってみせる。もちろん、こんな手が通用しないのは家で実験ずみ。母さんなんか、冷たい目でぎろっと見て、「そういうの、もういいから」なんてため息をつく。

「もうすこし食べませんか？　うちの人が、せっかく作ったんですから。……ね？」

おかみさんは、なぜだかちょっとあわてている。

そんなこと言われても、ぼく、べつに頼《たの》んでないし。

「野菜だって、魚だって、食べてもらえないんじゃ、かなしいと思いますよ」

いやいやいやいや、そんなこと、知らないし。

「ずんだ餅《もち》は？　ぜんぜん手をつけていないようですけど、一口だけでも食べてみませんか？　このあんは枝豆《えだまめ》をすりつぶしたものなんですよ」

早口でまくしたてながら、おかみさんはチラチラと厨房《ちゅうぼう》の方に目を走らせる。

どうしたんだろう？　声がちょっとふるえているみたいだし。

「ほら、枝豆のとってもいい香《かお》りがするのよ」

きれいな緑色をしたずんだ餅は、たしかにおいしそうだ。それに、もともと枝豆はきらいじゃない。でも、お腹《なか》はもう限界《げんかい》。あとでお菓子《かし》も食べなきゃ、だし。

「添乗員《てんじょういん》さん！」

たまらず、食堂のすみでノートに何か書いている添乗員さんに声をかけた。

「はい、何ですか？」

「ぼく、これ以上食べたらぐあいが悪くなりそうなんで、先に部屋に帰って休んでもいいですか？」

「一樹《かずき》くんがそれでいいなら、かまいませんけど……」

「そうします！」

立ちあがろうとした瞬間《しゅんかん》、おかみさんがぼくの肩《かた》をがしっとつかんだ。

「お腹《なか》がいっぱいでずんだ餅《もち》が食べられないなら、フルーツはどうですか？　うちの人が大切に育てた、とっておきのフルーツを特別にお出ししますから」

そう言って、厨房《ちゅうぼう》の中に駆《か》けこむと、ガラスの器《うつわ》に入ったものを持ってきた。

――柿《かき》だ。それもまるごとの。切ってもなければ、皮もむかれていない。

「去年うちの庭でとれた柿を凍《こお》らせておいたものなんですけど、とってもおいしいんですよ」

ぬめぬめしてるし、味もぼんやりしてるし、柿はそれほど好きじゃない。世の中に「あってもなくてもいい食べ物選手権《せんしゅけん》」があるとしたら、間違《まちが》いなく一〇位以内に入ると思う。

「あの……柿ってあまり得意じゃないんで」

「せっかくおいしく実ったのに。もったいないから、だいじに凍らせておいたのに……」

そう言うと、おかみさんはかなしそうに手の中の柿を見つめた。

「そんなこと、ぼくには関係ありません。食べたくないものは食べたくないんです！」

言っちゃった。でも、本当のことだ。

おかみさんは、ふうーっとため息をついた。が、すぐに笑顔《えがお》にもどった。

「じゃあ、あとで食べたくなるかもしれないから、お部屋に持って行ったら？　ね？」

そう言って、柿《かき》を器《うつわ》から取り出した。そして、強引《ごういん》にぼくの右手をとると、「ほら」と、手のひらに柿をのせた。

とけかけた柿は、思った以上にぶよぶよで、ところどころ黒ずんでいる。

「いりません。もらっても食べませんから」

「おねがい、お部屋に持ってって食べて！」

「食べて！」の「て！」のところで、チカリ、おかみさんの目が鋭《するど》く光った。そして、ぼくの耳元でささやいた。

「食べないと……うちの人が来るよ」

「え？」

聞き返そうとした瞬間《しゅんかん》、

「おかわりー！」

遠くのテーブルの子が叫《さけ》んだ。少し小太りの、ドラマならまちがいなく食《く》いしん坊《ぼう》キャラを任《まか》されそうな男の子だ。

「はいはーい！　おかわりですね、うれしいわ」

おかみさんは返事をすると、男の子のテーブルに向かって歩き出した。……今だ！

「ごちそうさまでした！」

ガタン。席を立った。みんなの視線《しせん》が背中《せなか》に刺《さ》さる。けど、無視《むし》、無視！

さっさと部屋に帰って、持ってきたお菓子《かし》を食べようっと！

一度もふり返らずに食堂を出た。ぎしぎしいう板ばりの廊下《ろうか》を何度か曲がって、母屋《おもや》のはずれに出る。ぼくらの部屋は、食堂のある母屋とわたり廊下で結ばれたはなれにある。

わたり廊下の両脇《りょうわき》は、庭だ。小さな山と池のある日本庭園になっていて、まわりを背《せ》の高い木で囲まれている。——おかみさんが言っていた、屋敷林《やしきりん》ってやつだ。

まだそれほど遅《おそ》い時間ではないはずなのに、照明がない庭はすっかり闇《やみ》に包まれていた。

それにしても、夕飯を残したぐらいで、どうしてこんな大さわぎになるのか、わけがわからない。

「あー、もう、腹《はら》が立つ！」

わたり廊下《ろうか》にさしかかったところで足をとめた。そして、手の中の柿《かき》をまじまじと見つめた。赤黒くてぶよぶよで、ところどころに黒いシミのようなものがあって、今にもぶちゅっとつぶれそうな柿だ。鼻を近づけると、ぷうんと甘《あま》そうなにおいがする。

でも、こんなもの食べない。食べるもんか。どれほどおなかがへっていたとしても、だ。

「食べてもらえないんじゃ、かなしいと思いますよ」とか「せっかく実ったのに」とか言うけどさあ、そんなこと、柿が思うわけないじゃん！　だって、柿なんだから！

「柿のくせにっ！」

右手で柿をにぎり直すと、闇《やみ》に向かって、力いっぱい投げ捨《す》てた。

ぐしゃっ！

闇の向こうで、派手《はで》につぶれる音がした。ざまあみろ、だ。

「トイレ、遠すぎでしょ」

夜中、ぼくは一人でトイレに起きた。この旅館、三人一部屋でゆったりしているのはいいけれど、トイレが共同なのが玉にキズだ。おまけに、場所は母屋《おもや》の食堂のとなりだし。

真夜中の廊下《ろうか》はうす暗く、静かすぎて、気持ちいいものではない。トイレから戻《もど》るとき
はなおさらで、辺《あた》りに気を配りながら歩くせいか、やけに長く感じられた。

持ってきたお菓子《かし》はぜんぶ食べちゃったから、明日はどこかで買わなきゃな。

明日の朝ごはんも期待できそうにないし、コンビニとか近くにないかな。

ぐるぐる考えながら、はなれにさしかかったときだ。

「うっ」

思わず声が出た。ぼくらの部屋の手前に、おじいさんが立っていたからだ。

頭はつるつるで顔は赤黒い。うす汚《よご》れた浴衣《ゆかた》をだらしなく着て、ぼんやりと立っている。

酔《よ》っぱらい？　それとも寝《ね》ぼけて、部屋をまちがえたとか？

でも、おかみさんは、今夜はぼくらのツアーの貸《か》し切《き》りって言ってたはずだけど……。

「……こんばんは」

頭を下げて、通《とお》りすぎようとした、その時だ。

おじいさんが、ゆらりと動いた。しわくちゃの赤黒い顔はぶよぶよしていて、ところど

ころに黒いシミがうかんでいる。おまけに、ほんのり甘《あま》いにおいがする。

——この感じ、何かに似《に》てる。なんだろう?

考えていたら、おじいさんが、ぼくの目の前に何かをさし出した。

丼《どんぶり》だ。中に赤いものが入っている。どろりとしていて、気味が悪い。

「あの……」

「……くえ」

おじいさんのとろんとした目が、丼を見る。それから、ぼくを見る。

どうやら丼の中のものを「食え」と言っているらしい。

「いえ」と、ぼくは大きく首をふった。見ず知らずの人間(人間……で、いいんだよね?)がくれるものなんて、食べられるわけがない。

「あの……けっこうです」

できるだけていねいに言ったつもりだけど、おじいさんにはまったく聞こえていないようだ。丼を差し出したまま、ぐいっと近づいてきた。

「……食え」

「あの……無理です。食べられません」

首をぶんぶんふり、手もぶんぶんふってみせる。しかし、おじいさんはひるまない。丼《どんぶり》を差し出したまま、よろよろと迫《せま》ってくる。ぼくは、じりじり後ろに下がる。

どん、と、背中《せなか》が壁《かべ》にあたった。いつのまにか廊下《ろうか》のつきあたりまで来ていたらしい。

おじいさんは、目の前にいる。丼の中身にひとさし指をひたし、ひきあげる。指先から、赤いどろどろがしたたり落ちる。その指を、ぼくの口めがけて突《つ》き出してきた。

「食え、食え……」

「いやだってばっ！」

はらった手が、丼にあたった。ガシャン！　と派手《はで》な音をたてて丼がわれる。

われた丼を、おじいさんは顔色も変えずに見つめている。

やがて、「ふーっ」とため息をつくと、おもむろに浴衣《ゆかた》の胸《むね》をはだけた。

「なにをす……」

言いかけて、息をのんだ。おじいさんの胸は、顔と同じ赤黒い色をしていて……なぜか、大きくえぐられていた。ぷうんと甘《あま》いにおいが広がる。

震《ふる》えがきた。逃《に》げ出したいけど、足に力が入らない。

おじいさんはえぐれた胸に、ぐいっと右手をつっこんだ。そして、ぐりっとかき出した。指の先にたっぷりと、赤いどろどろがついている。そしてその指をそのままぼくの鼻先に突《つ》き出した。

ぽたり、ぽたり。赤いどろどろが指さきから落ちるたびに、ぷうんと甘《あま》いにおいが広がる。

このにおい、かいだことがある。そうだ、夕飯の時、おかみさんがくれた……。

思い出している間にも指先はぐんぐん近づいてきて、ひやり、ついにくちびるにふれた。口の中に、どろりとしたものが入ってくる。

甘い味を感じた瞬間《しゅんかん》、目の前がまっくらになった。


ピカピカにみがき上げられた廊下《ろうか》が、夏の朝日を浴びてあめ色に光っている。その向こうから、ギシギシと足音が近づいてくる。どうやら朝食が終わったらしい。

「みなさん、出発予定時間は八時三〇分です。仙台城跡《せんだいじょうあと》に寄《よ》って、そのまま山形《やまがた》に向かいますから、遅《おく》れないように準備《じゅんび》してください」

添乗員《てんじょういん》さんの声に追い立てられるように、ツアーの子たちがあらわれた。

後ろから歩いてきた添乗員さんは、もうすでに黒いスーツをしっかり着《き》こんでいる。

「ねえ、美佳《みか》さん」

庭に面した廊下《ろうか》にさしかかったところで、女子のひとりがふり返った。

「はい、なんですか？」

「ここは……仙台《せんだい》は、妖怪《ようかい》ポイントじゃなかったの？」

「どうしてですか？」

「バスでも、ここに着いてからも、妖怪の話がぜんぜん出なかったから」

すると、「私《わたし》もそう思った！」と、他《ほか》の子たちも添乗員さんのまわりに集まって来た。

「古い旅館だから『もしかしたら』って思ってたんだけど」

「仙台は東北一の都会だもん、妖怪なんていないんじゃないかな？」

「でもさ、妖怪ツアーなんだから、ちょっとがっかりっちゃあ、がっかりだよな」

「おれもちょっと拍子《ひょうし》抜《ぬ》けしちゃった」

だまっていた添乗員《てんじょういん》さんは、ひとつうなずくとおもむろに口を開いた。

「そうでしたね。到着《とうちゃく》してすぐにお夕飯になってしまいましたものね。そして夜中に、あんなことに……」

「えっ？」

「いえ、何でもありません。……それでは今、いたしましょうか」

添乗員《てんじょういん》さんはちらりと腕《うで》の時計を見ると、みんなを廊下《ろうか》に座《すわ》らせた。

そして、「この辺《あた》りにも妖怪《ようかい》はおります」と話し始めた。

「名前は……『たんころりん』です」

「たんころりん？」

みんなは吹《ふ》き出した。「なにそれ？」とか「アニメのキャラクターみたい」とか、口々に言いあって笑っている。しかし、ぼくだけは笑わない。笑えない。

「たんころりんについては、こんな話が伝わっています」

すました顔で、添乗員さんはつづけた。

「昔、あるお寺で、小僧《こぞう》さんが庭を掃除《そうじ》していると、ふらりと男が現《あらわ》れました。男は、自分のからだについた泥《どろ》をこそげとると、団子《だんご》にして『食べろ』と小僧《こぞう》さんにさし出しました。小僧さんは男が怖《こわ》くて、がまんして口に入れました」

「うえー！」「やだー」「きたなーい！」「気持ちわるーい！」

声があがるたびに、体の芯《しん》が冷えてゆく。

「それは、不思議なことに、甘《あま》い味がしたそうです」

添乗員《てんじょういん》さんは、淡々《たんたん》と話しつづける。

「そういうことが何度かあったある日、小僧さんは勇気を出して、男のあとをつけてゆきました。何も知らない男は、山奥《やまおく》にどんどん入ってゆきます。そして、ある場所でふっと姿《すがた》を消しました。小僧さんが、男が消えた辺《あた》りを探《さが》してみると、そこには……」

ひとつ、間をおいた。みんなは息をこらして、添乗員さんを見つめている。

「古い、大きな柿《かき》の木がありました」

「それだけ？」「なんだよ、柿の木って？」「結局、たんころりんって何なの？」

そんな反応《はんのう》は想定内ってことなのだろう。添乗員さんは落ち着きはらっている。

「たんころりんは、柿の妖怪《ようかい》です。せっかく実をつけたのに、だれにも食べてもらえなかった柿《かき》が妖怪《ようかい》になるのだと言われています。赤い顔をした男の姿《すがた》で、夕暮《ゆうぐ》れ時に現《あらわ》れるのだそうです」

まちがいない。あのおじいさんはやっぱり……。

「でもさぁ」

ふいにだれかが声を上げた。昨夜、ごはんをおかわりした男の子だ。

「たんころりんって、そんなに悪い奴《やつ》じゃないよね？」

「えー」「どうして？」「妖怪なのに？」

みんなが男の子を問《と》い詰《つ》める。

「だってさ、柿がたんころりんになるのは、食べてやらなかった人間のせいってことだろ？　それにさ、たんころりんは柿を食べさせただけで、殺したり、傷《きず》つけたりはしてないよね？」

「なるほど」と、みんなは大きくうなずいてる。

たんころりんは悪い奴じゃない、だって？　ほんとうに？　ほんとうにそうか？

考えていたら、添乗員《てんじょういん》さんが「みなさん！」と声をあげた。

「みなさんに、たんころりんの正体をごらんにいれます。たんころりんの正体は……」

そういうと、添乗員《てんじょういん》さんは庭を見た。そして、ゆっくりと右手をあげた。

「ああいうものです」

その指先が、ぴたりとこっちを指した。

みんなの視線《しせん》が、ぼくにあつまる。庭にいる、ぼくに。

ぼくは今、庭の木の上にいる。正確《せいかく》には、柿《かき》の木の枝《えだ》の先だ。そこに、ぶら下がってい
る。手はない。足もない。頭だけがあって、頭のてっぺんが枝とつながっている。

「たんころりーん！」

だれかがふざけて叫《さけ》んだ。みんながゲラゲラ笑いだした。

どうして笑えるんだろう？　青々と葉を茂《しげ》らせた屋敷林《やしきりん》の中で、ぼくがぶら下がってい
る柿の木だけはまるはだかだ。一夜にして葉が落ちて、もう一枚《いちまい》の葉も残っていない。

あきらかにおかしいだろう？　どうして気づかないんだよ！

「みなさん、静かに！　これで、『たんころりん』のお話はおしまいです。さあ、部屋に
帰って、各自出発の準備《じゅんび》をしてください」

うながされて、みんなが立ちあがる。歩き始めた瞬間《しゅんかん》、「たすけて——っ！」

叫《さけ》んだ。心の中で。そうするしかない。口がないんだから。

「ぼくだよ！　ぼくはここにいるよ！」

必死で呼《よ》びかける。でも、だれ一人ふり返らない。

ふり返らないまま、それぞれの部屋に入ってしまった。

「だれか、だれでもいいから気づいてくれ！　たすけてくれ——っ！」

添乗員《てんじょういん》さんが、足をとめた。けれどまた思い直したように、歩き出し、行ってしまった。

風が強く吹《ふ》いてきた。ぼくの頭、いや、頭だけになった体がゆれる。

ぷらーん、ぷらーん。

このまま落ちてしまうのだろうか。

考えていた、その時だ。黒いものが目の前をさーっと横切った。カラスだ。

ばさばさばさ。通りすぎたかに見えたカラスは、空中で大きく弧《こ》を描《えが》いて舞《ま》いもどって来た。その目が、チカリと光る。ゆうべ見た、おかみさんの目みたいに。

こいつ、ぼくをねらってる！　くるな！　あっちへ行け！

叫《さけ》ぶけど、声にならない。ただ体がゆれるだけだ。

ぷらーん、ぷらーん。

くるな！　くるな！

黒いかたまりが、目の前に迫《せま》ってきた。くちばしをぼくの体に突《つ》き立てようとする。

「やめろ――っ！」

体がゆれた。

……パキッ。

頭の上で音がした。体がふわっと宙《ちゅう》にうく。

空がぐんぐん遠くなり、地面がぐんぐん近づいてくる。ぐんぐん。ぐんぐん。

（佐々木ひとみ・文）

3 泥田坊《どろだぼう》の息子《むすこ》

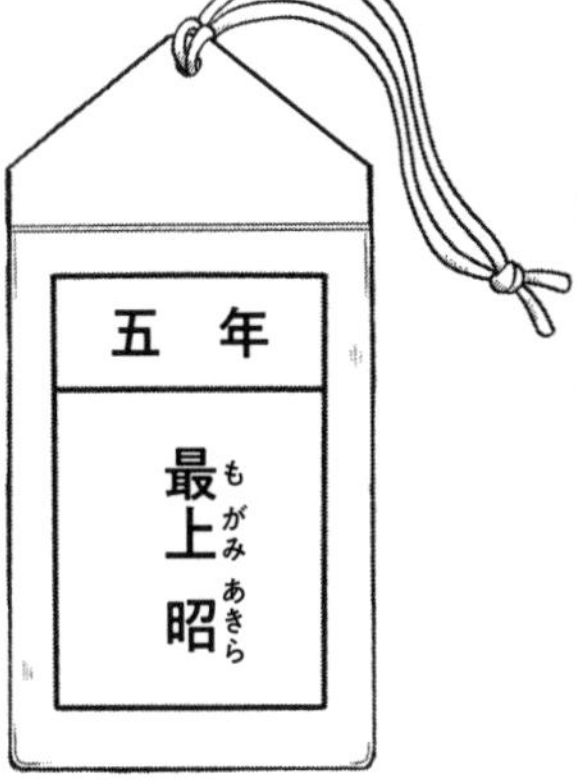

「みちのく妖怪《ようかい》ツアーの二日目。バスが発車いたします」

添乗員《てんじょういん》の美佳《みか》さんの声とともに、バスは、静かに走り出した。

先は長い。まずは、腹《はら》ごしらえだ。ぼくは、五年生の中でもぽっちゃり体型だ。その分、胃袋《いぶくろ》も大きいのさ。さっそく、お菓子《かし》を物色するために、リュックをあけた。

リュックの中は、妖怪グッズでいっぱいだ。福島妖怪ミュージアムで買った、「鬼婆《おにばば》キーホルダー」に「鬼婆フィギュア」。そして「お尻目《しりめ》こぞうペンケース」に「朱《しゅ》の盤《ばん》ファイル」。「たんころりんバンダナ」は、昨日とまった旅館の売店で買った。

どれも、東北にしか売っていない、レアもの妖怪グッズだ。家にもどって、友だちに見せびらかしたら、うらやましがられるだろうなあ。思わずほくそえむ。

ぼくは、妖怪《ようかい》どうしを戦わせるゲームにはまっている。部屋の中は、これまでやっつけた妖怪の、フィギュアやグッズであふれかえっている。

「昭《あきら》君、こんなにたくさんの妖怪に囲まれて、こわくないの？」

妖怪の存在《そんざい》を信じている友だちは、おびえたように言うけれど、ぼくはこの世に妖怪がいるなんて信じていない。しょせん妖怪は、たおして遊ぶための、ゲームキャラクターなんだ。

ぼくは、妖怪グッズをじっくりながめた後、リュックの中に手をつっこみ、お菓子《かし》をひっぱりだした。サービスエリアの売店で買った、福島《ふくしま》の桃《もも》キャラメルと宮城《みやぎ》の牛タン味スナックだ。ぼくの住んでいるあたりでは、なかなか手に入らないお菓子だ。

まずは、牛タン味スナックからいってみよう～。

うまい！　そういえば、ゆうべの旅館で食べた牛タン焼きも、うまかったなあ。それなのに、ちょっとだけ食べて残した男子がいたっけ。おかげで、ぼくはその子の牛タン焼きまで、ちゃっかりもらうことが出来たんだけどさ。

ぼくは、前の方でからっぽになった席を見た。きのうまで、運転席のすぐ後ろには、女子がすわっていた。そしてその後ろには、例の、食わず嫌《ぎら》いの男子がすわっていたんだ。美佳《みか》さんの説明だと、二人とも、東北にいる親せきの家に行ったそうだ。

初日だけでバスを降《お》りちゃうなんて、もったいないよな。そのぶん、ツアーの料金も安くしてもらったのかな。どうせ、ツアー料金は親がはらってくれるんだから、ぼくたち子どもには関係ないか。

そんなことを考えているうちに、牛タン味スナックをぺろりと食べてしまった。腹《はら》ごしらえには、まだたりない。今度は、桃《もも》キャラメルでも食べようっと。

キャラメル缶《かん》のふたをあけようと、両手でぎゅっとひねった。ところが、手がすべって缶を落としてしまった。通路に落ちた缶が、美佳さんの方へと、カラカラと転がっていく。

「だれの缶ですか？」

「あ、それ、ぼくのです」

手を上げると、美佳さんが缶を拾って、ぼくのそばにきてくれた。

近くで見ると、本当に美人だ。すきとおるような白い肌《はだ》に、ぼたんの花が咲《さ》いたかのような赤いくちびるを見つめているうちに、すうっと気が遠くなりそうになった。

どうなってんだ、ぼく？

頭をぶんぶんとふって、気持ちを立て直す。

「うひゃっ！」

缶《かん》を受け取ろうとしたしゅんかん、ぼくの手が美佳《みか》さんの手にふれた。

「すみませ～ん」

ぼくは、手を引っこめた。美佳さんの手が、まるで氷のように冷たかったからだ。

「あら、どうかしましたか？」

美佳さんが、けげんそうに、目をひゅっと細めた。

「い、いえ、なんでもないです」

ぼくは、あわてて缶を受けとると、桃《もも》キャラメルをぽんと口に放《ほう》りこんだ。

それにしても、氷のようなあの手は、なんだったんだろう……。気のせいだよ。きっと、すごい、冷《ひ》え性《しょう》なのさ。

桃の甘《あま》い香《かお》りが口の中に広がるにつれ、気持ちが落ち着いた。

美佳さんは、バスの前方にもどると、マイクを持って話しはじめた。

「本日の行き先ですが、バスは山形県《やまがたけん》へと向かいます。山形の地名の由来《ゆらい》は『山の方、つまり、山のある方角』から来たそうです。その名の通り、たくさんの山をこえてまいります」

へえ、今日は山形か。おいしい名物は……。

ぼくは、食《く》いしん坊《ぼう》で、テレビのグルメ番組をよく見ている。鶏肉《とりにく》のだしがきいた「肉そば」は、冷やしても温かくしても、おいしいらしい。「日本一のいも煮《に》」は、直径が六メートルもある大鍋《おおなべ》に、野菜や牛肉を入れて煮こむんだ。他《ほか》にも、お米や、さくらんぼ、ぶどうなどのくだものも紹介《しょうかい》されていたっけ。想像《そうぞう》しただけでも、よだれが出てきちゃう。

新聞にはさまれて届《とど》いた、参加募集《ぼしゅう》チラシを目にした時、「このツアー、ぼくにぴったり！」って思った。

東北の妖怪《ようかい》スポットで、レアものの妖怪グッズをゲットする！

そして、グルメ番組で見た、東北のめずらしい食べ物をたらふく食べる！

ツアーに行く前に、パパとママの顔を見るたびにねだった。

「もっと、おこづかいをアップして〜！　ちゃんとお土産《みやげ》を買ってくるからさ〜、ねえ、お願い！」

「もう、しかたがないわね」

「むだづかいするんじゃないぞ」

根負けしたパパとママから、たんまりと、おこづかいをせしめたのだ。

今日も、レアものの妖怪《ようかい》グッズをたくさん買って、おいしいものをたらふく食べて、めいっぱい楽しませてもらおうっと！

しばらくすると、美佳《みか》さんが、マイクを持って立ちあがった。

「これから笹谷峠《ささやとうげ》をこえて行きます。この笹谷峠は、それはけわしい峠道だったので、多くの人が命を落としたといわれています。山の上には、霊《れい》をなぐさめるために、地蔵《じぞう》や石碑《せきひ》がたてられているそうです。急カーブがつづきますから、気をつけてくださいね」

美佳さんの言うとおり、くねくねとした道路がつづく。カーブを曲がるたびに、体がぐらりとゆれる。

「このあたりには、山伏《やまぶし》やおばあさんの幽霊《ゆうれい》が出るといううわさがあったとか。これから約三キロもの長さがある、笹谷《ささや》トンネルに入ります」

美佳《みか》さんがそう言い終えると同時に、バスの中がふっと暗くなった。

幽霊《ゆうれい》か〜。どうせそんなもの、見まちがいや、ただのうわさにすぎないさ。

鼻で笑いながら窓《まど》の方を見たとたん、体がかたまった。

「うえっ」

目を大きく開き、口を不安げにゆがめた子どもがうつっているではないか！

まさか幽霊？

すぐに、正気にもどった。やだな、ぼくったら……。よく見たら、ぼくの顔ではないか。

でも、もしもこの窓に、山伏やおばあさんの幽霊がうつったら……！

背中《せなか》がぞくりとした。いやな考えをふりきるように、窓からぱっと顔をそむけた。ひざの上のにぎりこぶしを、じっと見つめていると、服の色も手の色も、まるで生気を失ったように、土色に変わっている。

トンネル内の、オレンジ色の照明のせいだ。そうはわかっていても、まるで、異世界《いせかい》に入りこんだような気持ちになっていった。

バスは、ゴーゴーと音をたてながら、トンネルの中を走りつづける。

このまま、永遠《えいえん》にトンネルから出られないんじゃ……。

ぼくは、こぶしを何度もにぎりしめた。手の平に汗《あせ》がじとっとにじんだ時、パッとはじけたまばゆい光に、目がくらんだ。やっと、バスがトンネルをぬけ出したのだ。

バスは緑の山々の間をぬうように走り、山形市《やまがたし》へと向かった。ビルがぽつぽつと建ち、畑や田んぼが住宅街《じゅうたくがい》を囲んでいる。

のどかな景色をながめていると、ガチガチに固まっていた体もゆるんできた。

美佳《みか》さんが、大きなパネルを持って、前に立った。

「ここでみなさんに、山形の、レアな妖怪《ようかい》を紹介《しょうかい》しましょう」

やった。レアな妖怪、待ってました！

美佳さんがみんなに、一枚目《いちまいめ》のパネルを見せた。そこには、体は人間で顔が鳩《はと》の妖怪の姿《すがた》がえがかれていた。

「これは、魔物《まもの》が鳩と人間を合体させて作った、鳩人間です。巨大《きょだい》な体をもち、羽ばたきで家をふきとばし、口から光線を出して村を破壊《はかい》したと言われています」

うへえ〜、なんだか、怪獣《かいじゅう》みたいなやつだ。こんなのがゲームに出てきたら面白《おもしろ》いかも。

次に見せてもらったパネルには、泥の中から上半身を出し、三本指の手をつきだしている、一つ目妖怪《ようかい》の姿《すがた》がえがいてあった。

「これは、『泥田坊《どろだぼう》』。昔、働き者のおじいさんが、息子《むすこ》のためにと、いっしょうけんめいに田んぼを作ってきたのに、息子は、田んぼを売りはらってぜいたくばかり。息子をうらんだおじいさんは、『田をかえせ』と叫《さけ》ぶ妖怪になったと言われています」

田んぼに泥かあ。地味な妖怪だな。

最後に美佳《みか》さんが見せてくれたパネルには、夜の闇《やみ》の中に、お坊さんの首が、三つうかんでいる絵がえがいてあった。なかなか、ぶきみだ。ゲームのキャラクターになるぞ。

「これは、山形《やまがた》のお寺に出た、『夜陰《やいん》の入道』という妖怪です。この妖怪を見てしまったものは、あまりのおそろしさに、何日も寝《ね》こんでしまったと言われています」

美佳さんは、にこりともせずに言った。

「今日の妖怪《ようかい》スポットには、どんな妖怪が待っているか、どうぞみなさん、お楽しみに」

みんなこわがっているのか、バスの中はしんと静まり返っている。ぼくは平気だ。妖怪なんて、ゲームボタン一つでやっつけることもできるしね。

美佳《みか》さんは、パネルを片《かた》づけると、ちらりと腕時計《うでどけい》を見た。

「まもなく、妖怪スポットにつきます。今日は、ツアーのメニューにひと工夫《くふう》をくわえました。せっかく山形《やまがた》に来たのですから、ぶどう狩《が》りをしながら、妖怪スポットを楽しんでもらいましょう」

とたんに、バスの中に、どっと歓声《かんせい》があがった。

「わ〜い!」「ぶどう狩りだって!」「やった〜!」

ぼくも、「いえ〜い!」と、両手をつきあげていた。

「みなさん、お静かに願います」

美佳さんは、いつものように、のっぺりとした声で言った。

ちぇ、美佳さんって美人だけど、添乗員《てんじょういん》さんにしては冷たい感じだよな。それに、運転手さんも変なんだよ。夏だというのに、いつも大きなマスクにサングラスで、あいさつをしても何もしゃべらないし。家に戻ったら、パパとママに言いつけて、旅行会社に文句を言ってもらおうっと。

心の中で悪口を言っていたら、美佳《みか》さんがぼくを、じろりと見た。こ、こわ……。

ぼくは、美佳さんから目をそらし、リュックから財布《さいふ》を取り出した。財布は、パパとママからもらったおこづかいで、パンパンにふくらんでいる。今日も、がっちり買い物を楽しんじゃおう。

まもなく、バスは目的地にとまった。妖怪《ようかい》スポットのはずなのに、ぶどうの形の大きな看板《かんばん》があった。なるほど、ぶどう狩《が》りも妖怪スポットも、両方一緒《いっしょ》に楽しんじゃおうってわけか。

「見てみて、ぶどうが鈴《すず》なりだよ」「うまそう～」

みんなが口々に言いながら、バスから降《お》りていく。

「行ってきま～す！」

ぼくも、はりきってバスを降りた。やっぱり運転手さんは、無言のままだ。まったく、「行ってらっしゃい」ぐらい言ってくれてもよさそうなのにさ。

口をとがらせながらバスの方をふり返ったしゅんかん、ぎくっとした。運転手さんがぼくのほうを見ながら、ゆらゆらと手をふっているではないか！

まさか、「さようなら」？　いや考えすぎでしょ。「行ってらっしゃい」だよね。

ぼくは、運転手さんに向かって手をふると、回れ右をしてぶどう園へと走った。

ぶどう園では、すらりとした若《わか》いお兄さんが、笑顔《えがお》でむかえてくれた。青い作業着の胸《むな》元《もと》には、英語のロゴマークがついている。金色の糸で「BODARODO」。としゅうしてあって、かっこいい。さっそくお兄さんのまわりを、女子たちが囲んでいた。

お兄さんは、張《は》りのある声で、ていねいに説明してくれた。

「今の季節は、ピオーネ、シャインマスカット、デラウェアの三種類があります。どれも、ぼくが、大事に育ててきました。それぞれ味も食感もちがうので、味見をして、自分の好きなぶどうを見つけてくださいね」

お兄さんが指さしたテーブルの上には、味見用のぶどうがおいてあった。さっそく、房《ふさ》から一粒《つぶ》ずつとって食べてみると、どのぶどうもとっても甘《あま》い。ピオーネは黒みがかった紫《むらさきいろ》色で大粒《おおつぶ》。緑色のシャインマスカットは、歯で皮をかんだとたんに、パキっと音がした。そして、小粒《こつぶ》で紫色《むらさきいろ》のデラウェアと、みんなとくちょうがある。

お兄さんはぼくたちに、収穫用《しゅうかくよう》のかごと、はさみをわたしてくれた。

「かごは、腰《こし》にとりつけてください。そうすると、両手を自由に使うことができますよ」

お兄さんの言う通り、かごについていたひもを腰に回して結んだ。なんだか、ウエストポーチみたいで面白《おもしろ》い。

お兄さんは、みんなの前で、ぶどう狩《が》りのやり方を見せてくれた。

「はさみを入れるときは、房《ふさ》の付け根の枝《えだ》をチェックしてください。枝が茶色くなっているのが、よく熟《じゅく》したしょうこです。かごにいれたぶどうは、そのままそっくり、家に持って帰ることができますから、がんばってくださいね」

よ～し、かごいっぱいにつんでやるぞ！

最後に、お兄さんが念をおすように言った。

「気をつけてほしいことが、ひとつだけあります。みんながとっていいぶどうは、青いロープの内側にあるぶどうだけです。ロープの外側にあるぶどうはルビーといって、ぼくが一番大事にしているものなので、まちがってとったりしないでくださいね」

ぶどう園の中には、青いロープが張《は》られていた。青いロープの内側が、ぶどう狩《が》り専用《せんよう》の畑ってわけか。

「は〜い」

みんながそれぞれにはさみを持ち、広い畑の中に散らばっていく。ぼくも、急ぎ足で畑の中を進んだ。他《ほか》の子たちに、おいしいぶどうをとられちゃったらいやだからね。

畑の中には、小粒《こつぶ》のぶどうが鈴《すず》なりになっていた。さっき味見した、デラウェアだ。どれもこれもうまそうに見えて、畑の中のぶどうを、全部ひとりじめにしたいぐらい！

次から次へととっていくうちに、かごの中はたちまち、ぶどうでいっぱいになった。がまんできずに、ちょっとだけ食べることにした。

甘《あま》いだろうな〜。ぶどうの房《ふさ》から一粒とると、わくわくしながら口に入れた。でも、すぐにがっかりした。思ったほど甘くない。きっと、あまり熟《じゅく》していないやつをとってしまったんだ。どうする？

やっぱりいらないや。ぼくは、持っていたぶどうを、地面に捨《す》てた。

もっとおいしいぶどうが、どこかにあるはずだ。

きょろきょろとさがし回っていると、甘《あま》く強い香《かお》りが、ただよってくることに気がついた。香りに引きつけられるようにして足を進めると、ぶどう棚《だな》にたれさがった、みごとなぶどうが目に飛びこんできた。

房《ふさ》に付いた一粒《つぶ》一粒が、大きくて丸く、ルビーのように赤い。まるで宝石《ほうせき》だ。

わあ、やったぞ。このぶどうにしよう！　でも、待てよ……。

喜びはすぐに落胆《らくたん》に変わった。ルビーのようなぶどうは、青いロープの外側にあったからだ。お兄さんが、「ぼくが一番大事にしているぶどうだから、とらないで」と言っていたぶどう、ルビーだ。

ぼくは、さっとあたりを見回した。みんな、他《ほか》の場所に行ってしまったのか、だれもいない。ルビーは、まるでぼくをさそうように、つやつやとした光を放っている。

ちょっと、そばで見るだけ……。

ぼくは、ロープを乗りこえ、目の前にぶらさがったルビーを、まじまじと見つめた。

なんてきれいで、おいしそうなんだろう。一粒……、そう、一粒だけなら、きっとだれにもわからない……。

ぼくは、ルビーの房《ふさ》に手をかけ、一粒《つぶ》だけもいで口に入れた。うっとりするような甘《あま》さと香《かお》りが、口の中ではじけた。

もう一粒だけ……。

ぼくは、また、一粒もいで口にいれた。

もう一粒……、もう一粒……。ぼくは、すっかりルビーのとりこになっていた。気づいた時には、房の半分も食べていた。

まずい、これじゃいくらなんでも、ぶどう園のお兄さんにばれちゃうぞ。いっそのこと、房ごと全部、もらっていこう。ぼくは、ルビーをつみとり、かごに入れた。

ルビーの上に小粒のぶどうをのせて、かくしてしまえばいい。かごごと家に持って帰れば、だれがとったかもばれやしない。みんなに気づかれないうちに、早く、元の畑にもどらなくちゃ。

ほくそえみながら、青いロープを乗りこえようとした、そのとたん。下草に足をとられ、すとんとしりもちをついた。運の悪いことに、しりもちをついたところは、急な斜面《しゃめん》になっているではないか。

「うわ〜！」

ぼくはそのまま、斜面《しゃめん》をすべり落ちていった。

ようやく下に着くと、目の前には、まったくちがう光景が広がっていた。草であれた田んぼが、どこまでも広がっているのだ。

「ど、どうしよう。変なところに来てしまったぞ。とにかく、元の畑にもどらなくちゃ」

あわてて斜面をのぼろうとしたけれど、おいしげる草で足がすべってしまう。

ころんだひょうしに、大事なルビーを落としたりしたら大変だ。ぼくはルビーを守るために、腰《こし》にしばったかごをはずし、胸にだくように首からさげた。

どこか、もっとなだらかで、のぼりやすいところはないのかな。

帰り道をさがそうと歩き出して、すぐに足が止まった。田んぼのむこう側に、若《わか》い男の人が立っている。よく見ると、黒い長ぐつをはいて、「ＢＯＤＡＲＯＤＯ」のロゴが入った青い作業着を着ている。

なあんだ。ぶどう園のお兄さんだ。もしかしたら、ぼくが落ちたことに気がついて、助けにきてくれたのかな。

ぼくはほっとして、お兄さんに向かって手をふった。

「すみませ～ん。ぶどう園には、どうやってもどったらいいですか～」

「……」

お兄さんはにこりともせず、じっとぼくをみつめている。

まずい。青いロープを乗りこえたのが、ばれちゃったのかな。

ぼくは、しどろもどろになりながら、言いわけをした。

「え～っと、ぶどう狩《が》りに夢中《むちゅう》になっていたら、まちがって足がすべっちゃって、ここまで落ちてきちゃったんです……」

お兄さんはやっぱり、何もこたえない。あたりは、不気味なほど静まりかえっている。

ドクンドクン……。自分の心臓《しんぞう》の音だけが、やけに大きく感じられた。

「ああ～」

やっとお兄さんが口を開いたかと思うと、年寄《としよ》りのようなしゃがれた声をだした。

「おめだば～、おらの息子《むすこ》だず～」

「へ？」

なんだって？　おめだばおらの息子《むすこ》だず～って、何？　よくわからないけれど、「おまえは、おれの息子だ」という意味かな？

ぼくは、両手を大きく横にふった。

「ち、ちがいます～。ぼくはさっき、バスでここに来た小学生ですよ～」

けれども、お兄さんは、なんどもうなずきながら、しゃがれた声で言った。

「いいや、まちがいねえ～。おめだば、おらの息子だず～」

とたんに、黒い雲がもくもくとわきだしたかと思うと、明るかった空が、あっという間にうすぐらくなった。信じられないことに、お兄さんの顔が、みるみる、しわくちゃのおじいさんの顔に変わっていくではないか！

何これ？　ぼくは、夢《ゆめ》でも見ているの？

ドクドクドクドク……。心臓《しんぞう》が、早鐘《はやがね》のようにはげしく打ちはじめた。

背中《せなか》を丸めたおじいさんが、だらりとさげた腕《うで》をゆらゆらとさせながら、ぼくをにらんだ。

「息子よ～！」

「ひ〜っ！」

足から力が抜《ぬ》け、そのままどすんとしりもちをついた。まるで、獣《けもの》がうなるような声だったからだ。

おじいさんは、うらめしそうに言った。

「おらはぼろを着て、食うものも食わねえで、少しずつ金をためた〜。その金で、おめだばのためにと、田んぼば買ってきたんだ〜」

何だって？　何を言ってんだ？

ぼくは、わけがわからずにパニックになっていた。

とつぜん、おじいさんの体が、頭の方からどろどろとくずれ始めた。たちまち、体全体が、泥《どろ》でおおわれていく。

「おらは、田んぼをふやして、おめだぢが楽なくらしばできるようにとねがっていたんだ〜。それが、おめだばときたら、だいじな田んぼを売りはらい、その金でぜいたくばかりでねえか〜」

どろどろの顔の中で、血走った一つ目がぎろりと光り、カエルのように大きくさけた口から、うなり声がもれた。

「息子《むすこ》よ～！」

泥人形《どろにんぎょう》のようになったおじいさんが、もがくように、ぼくの方へと手をのばした。その手の先には、長い爪《つめ》の伸びた三本の指がついていた。

泥の体に一つ目。そして三本の指……！

ぼくは、美佳《みか》さんがパネルで見せてくれた妖怪《ようかい》の絵を、はっきりと思い出した。

目の前にいるのは、泥田坊《どろだぼう》だ！　だいじな田んぼを売りはらって、ぜいたくばかりしている息子《むすこ》をうらみ、妖怪になってしまった、あの、泥田坊だ！

そう思ったしゅんかん、ぼくの頭の中でぱっと光がはじけた。

お兄さんの作業着についていた「ＢＯＤＡＲＯＤＯ」のロゴ……。ＢＯ・ＤＡ・ＲＯ・ＤＯは、英語じゃない。ローマ字だ。反対から読めば、ＤＯ・ＲＯ・ＤＡ・ＢＯ。つまりど・ろ・だ・ぼ……。

このぶどう園こそが、妖怪スポットだったんだ。

そして、ぶどう園のお兄さんの正体は、泥田坊だったんだ～！

ぼくは、全身から血の気が引くのを感じていた。

でも待ってくれ。ぼくは、田んぼを売ったりしていないぞ。どうして、ぼくを息子《むすこ》だとかんちがいしているんだ？

「ちがうよ！　ぼくは、息子じゃないよ！」

ぼくは、必死でさけんだ。

「いいや、おめだば、おらの息子と同じにおいがする〜。なまけ者で、欲《よく》ぶかい人間のにおいだ〜」

におい？　ぼくは、はっとして、首から下げたかごにはいっているルビーを見た。ルビーは、つややかに光りながら、甘《あま》く強いにおいを発していた。

苦労して大切に育てたもの。ぼくが、それをとってしまったから？

泥田坊《どろだぼう》にルビーを返したら、許《ゆる》してくれるかも。早く、返さなきゃ。

けれども、ルビーの甘い香《かお》りに、ぼくの心がゆれる。

こんなぶどう、めったに手に入らないぞ。やっぱりいやだ。返したくないよ。

ぼくは、いそいで、ポケットの中からさいふを取り出した。パパとママからもらったお

こづかいでパンパンにふくらんでいる。

「これあげる！　お金ならはらいます！」

「金だと～？　ぜ～んぶ、親の金でねえか！」

泥田坊《どろだぼう》ははきすてるように言うと、田んぼの中にざぶりと飛びこんだ。泥の中を泳ぐようにして、ぼくの方へ向かってくる。

やばい！　逃《に》げろ！

ぼくは斜面《しゃめん》にかじりついた。

「おうおうおうおお～、返せ～！　返せ～！」

泥田坊がぼくの足をつかもうと、田んぼの中から手を伸《の》ばす。

「うわ～、いや、いやだ～！」

ぼくはふるえる手で草をつかみながら、必死で斜面をのぼり始めた。

「うわあ～！」

ぼくの悲鳴に、泥田坊の声が重なった。

「おうおうおうおお～、返せ～！　返せ～！」

「ひえ〜！」

泥田坊《どろだぼう》の手が、ぼくのすぐ足元までせまっている。ぼくの体に、びちゃっびちゃと、冷たい泥が飛んできた。

「うわあああああ〜！」

ぼくは、あわてて、かごの中のルビーをつかんで放《ほう》り投《な》げた。

「返すよ。返す！　だ、だから、助けて〜！」

宙《ちゅう》をまって地面に落ちたルビーは、ぐちゃりと音をたててつぶれた。

「おうおうおうおお〜、返せ〜！　返せ〜！」

冷たく、ねっちゃりとした泥が、ぼくの足首にまとわりついた。ついに、泥田坊に足をつかまれたのだ。おそろしさのあまり、体がかたまった。

どうすればいいの？　ゲームの中なら、他《ほか》の妖怪《ようかい》を使ってやっつけることもできる。でも、本物の妖怪相手に、ゲームの技《わざ》は使えない。

ぼくは、なすすべもなく、ずるずると田んぼの中へと引きずりこまれていった。太もも、そして胸《むね》まで、泥の中へと沈《しず》んでいく。

ぼくは、泥《どろ》の中から必死でうでをのばした。

だ、だれでもいいよ、助けて〜！

頭の中に、添乗員《てんじょういん》の美佳《みか》さんの顔がぱっとうかんだ。黒いスーツの胸《むね》についた、名札《なふだ》の文字は、四角美佳。し・かく・み・か……。反対から読めば……！

そのしゅんかん、ぼくの体がぐんと泥の中に引きこまれた。

目の前が真っ暗になると同時に、すべてが静まり返った。


（堀米薫・文）

4 座敷《ざしき》わらしの宿

カナカナカナカナ。カナカナカナカナカナカナ。

透明《とうめい》な、そしてどこかさびしげなセミの声が、暮《く》れかけたすみれ色の空にひびいている。

足をとめて、声がする方をじっと見つめてみる。もちろん、セミなんか見えない。それどころか、道の両脇《りょうわき》に広がる森の木々もぼんやりとしか見えない。空にはまだ光が残っていて、夕暮《ゆうぐ》れがつづいているけれど、森の底はすでに暗く、もう夜がはじまっているみたいだ。前を歩くみんなの姿《すがた》も、うす闇《やみ》に包まれて、だれがだれだかわからなくなっている。

「ねぇ、まだ着かないの？」「うす暗くて、なんか気味悪いよね」

前を歩く黒いかたまりの中から、ひそひそ声が聞こえてきた。

あたしたち「みちのく妖怪《ようかい》ツアー」の一行は今、岩手県《いわてけん》北部の山の中にいる。添乗員《てんじょういん》の美佳《みか》さんを先頭に、森の中の小道を歩いている。バスを降《お》りてからもうだいぶたつけど、かんじんの旅館はまだ見えてこない。

美佳さんによれば、今夜泊《と》まるところは「翠風荘《すいふうそう》」といって、あることで超有名《ちょうゆうめい》な旅館らしい。「あること」が何かは「着いてからのお楽しみ」ってことだった。「えー」ってブーイングが起こったけど、美佳さんはクールな顔できっぱり無視《むし》した。

二日間一緒《いっしょ》に旅をしてわかったことは、美佳さんは、必要なこと以外話さないってこと。それから、無駄《むだ》に笑顔《えがお》も見せないし、あたしたちを必要以上に子どもあつかいしないってこと。とっつきにくいけど〝プロ〟って感じで、あたしはきらいじゃない。

「お客をさ、こんなに歩かせるなんて、ちょっとひどすぎない？」

「お昼にわんこそばを食べたっきりで、もうおなかぺこぺこだよ！」

ひそひそ声はつづいている。たぶん美佳さんにも聞こえているはずだけど、こういう声にいちいち反応《はんのう》しないところも、さすがだなぁって思う。

「だいたいさぁ、駐車場《ちゅうしゃじょう》と建物がこんなにはなれている旅館って、おかしくないか？」

「つかれるし、荷物は重いし、もう、サイアク！」

「ほんと、ほんと」

ツアーの子たちは、黒いかたまりのまま、ぶつぶつ言いつづけている。

たしかに、こんなうす暗い森の中を歩くのはたいへんだけど、みんなちょっと文句《もんく》、多すぎ！　聞こえてくるたびに、大事なものにケチをつけられてるみたいで、イラッとくる。

「おれさ、帰ったら親に言って、ぜってー旅行会社に文句言ってもらう！」

「こんなツアー、ありえないし」

「ほんと、ほんと」

わざとらしいあいづちも気にさわる！

「だったら、来なきゃよかったじゃん！」って叫《さけ》んだ。心の中で。なのに……。

「ほんと、ほんと」

フツーにあいづちが返ってきた。

なんで？　あたし、思っただけで、声には出してなかったよね？

「ほんと、ほんと」

また聞こえた！　それも、背中《せなか》から。――どういうこと？

足をとめ、ごくりとつばを飲みこんで、そっと後ろをふり返る。

いない。だれもいない。いるわけない。

だってあたしは、宿へ向かうみんなのいちばん後ろを歩いているんだから。

「きゃはははは」

今度は笑い出した。キャラキャラした高い声が、三つ下の妹の舞《まい》にちょっと似《に》てる、かも。おじいちゃんやおばあちゃんに「舞はピアノが本当に上手だねぇ」「まだ二年生なのに、天才かもしれないねぇ」なんてほめられているときに上げる、うれしそうな笑い声だ。

もちろん舞のはずはない。今ごろ舞は、有名なピアニストの特別レッスンを受けるため、ママと真理子《まりこ》先生と三人で大阪《おおさか》にいるはずだ。ママに「お姉ちゃんも受けてみる？」って聞かれたけど、ソッコーでことわった。舞のおまけでレッスンを受けるなんて、絶対《ぜったい》にいや！　本当は、ピアノを一緒《いっしょ》に習うのもいや！　一人で本を読んでるほうがずっといい。

ママが「お姉ちゃんも」って言い出した時の先生の困《こま》った顔と、「えー、一緒《いっしょ》に行こうよ」とあたしの手をとった舞の笑顔《えがお》、思い出しただけでも胸《むね》がぎゅーっと痛《いた》くなる。

こういうことを忘《わす》れたいから、パパに頼《たの》んでこのツアーに参加させてもらったのに！　頭にうかんだ先生と舞《まい》の顔をふりはらい、目に力をこめて、ぎっ！　と辺《あた》りを見まわした。

すると、みんなとあたしの間に、ぼんやりと黒い影《かげ》が見えてきた。

やっぱり、女の子だ。背《せ》は、舞よりちょっと小さいぐらい。顔だちまではよく見えないけど、髪型《かみがた》は舞と同じおかっぱで、浴衣《ゆかた》を着ている。

こんなところを浴衣で歩いてるってことは、翠風荘《すいふうそう》に泊《と》まってる子かな。

それにしても、いつの間にあたしたちの中にまぎれこんだんだろう？

思った瞬間《しゅんかん》、女の子が顔を上げた。そして、にやっと笑った。

「みーっけ！」

笑ったまま、女の子は叫《さけ》んだ。うれしそうに。

「えっ？」

つられて、大きな声をあげてしまった。前を歩いていたみんなが、びくんと足を止めた。

先頭で、美佳《みか》さんがふりかえる気配がした。

「どうしました？　花《はな》さん？」

クールな顔に、ほんの少しだけ心配そうな表情《ひょうじょう》をうかべて近づいてきた。

「何かありましたか？」

「え、いえ、あの……この子が」

指をさすと、女の子はくるりとあたしに背《せ》を向けて歩き出した。

「この子……って？」

美佳《みか》さんは、あたしが指さしたあたりを見つめて首をかしげている。

みんなも、ぎゅっと一かたまりになってこっちを見ている。

「なんなの？」「怖《こわ》いよ」「何言っちゃってんの？」という声が聞こえてくる。

「ほら、そこにいるじゃないですか！」

女の子は美佳さんの横をすり抜《ぬ》け、みんなを追《お》いこし、翠風荘《すいふうそう》に向かって歩いて行く。

なのに、その姿《すがた》をだれの目も追っていない。みんな、あたしの指先だけを見つめている。

「え？　どういうこと？」

つぶやいた瞬間《しゅんかん》、

「そういうの、やめてもらえるかな?」

「この状況《じょうきょう》でそういうこと言うの、ベタすぎでしょ?」

「いるんだよねぇ、暗くなるとテンションが上がっちゃう子が」

うっぷんを晴らすみたいにブーイングが起こる。そこでようやく、あたしは気づいた。

あの子、みんなには見えてなかったんだ!

心臓《しんぞう》がぎゅっとちぢむ。背中《せなか》をつーっと冷たい汗《あせ》が流れ落ちる。

「花《はな》さん、大丈夫《だいじょうぶ》ですか? だいぶつかれているようですけど?」

美佳《みか》さんがあたしの顔をのぞきこむ。

「……だ、大丈夫です」

大丈夫じゃない。ちっとも大丈夫じゃないけど、ちゃんと説明する自信がない。

「そうですか」と一つうなずくと、美佳さんはみんなの方に向き直った。

「みなさん、翠風荘《すいふうそう》はもうすぐそこです。宿に着いたらすぐに夕食ですよ。この宿の名物は、豆腐《とうふ》に味噌《みそ》だれを塗《ぬ》って焼いた豆腐田楽《でんがく》と、ひっつみという汁物《しるもの》、へっちょこ団子《だんご》という面白《おもしろ》い名前のお汁粉《しるこ》のようなものもあるそうです。たくさん食べてくださいね」

いつもよりちょっと明るい声。美佳《みか》さんなりに空気を変えようとしてくれているらしい。

「それから今夜は、夕食の後にちょっとしたイベントをご用意しています。楽しみにしていてください」

前の方から「はーい」と、やけくそ気味の声があがる。みんなもつかれているらしい。

「花《はな》さんも、ね?」

「え……あ、はい」

「じゃあ、少し急ぎましょうか」

前を向いて歩き出す瞬間《しゅんかん》、美佳さんの口のはしがニッとあがった……ような気がした。


「おばんでがんす。みなさま、本日は翠風荘《すいふうそう》によくおいでくださいました」

襟《えり》に「翠風荘」と書かれた紺色《こんいろ》のはんてんを着たおじいさんが、両手をついておじぎをする。そのまわりに膝《ひざ》をかかえて座《すわ》っていたあたしたちも、座り直しておじぎをする。

翠風荘は、平屋建てのこぢんまりとした旅館だった。建物はまだ新しくて、部屋は一〇室ほど。夕食を終えたあたしたちは、旅館のいちばん奥《おく》まったところにある「楓《かえで》の間」という部屋に案内された。

楓《かえで》の間は、あたしたちが泊《と》まる部屋とはちがって、テレビもテーブルも、お布団《ふとん》をしまう押入《おしい》れもない、不思議な部屋だった。かわりに立派《りっぱ》な大黒柱と床《とこ》の間《ま》があって、その床の間を背《せ》におじいさんは座《すわ》っている。

「わしはこの翠風荘《すいふうそう》で語《かた》り部《べ》をしております、黒森源次郎《くろもりげんじろう》と申します。みんなからは『源《げん》じい』と呼《よ》ばれております」

美佳《みか》さんが言っていた〝夕食後のちょっとしたイベント〟というのは、語り部さんに昔話を聞く会だった。

「今夜の参加者は、子どもさんが一七人ということでしたので、子どもが出てくるお話をご用意しました。『座敷《ざしき》わらし』というお話です。……それでは、さっそく始めます」

源じいがにっこり笑うと、それを合図に、美佳さんが部屋の照明を少し落とした。

「むがぁあし、あったずもな。……むかし、こんなお話があったそうです」

うすぐらい座敷に、ささやくより、ほんの少し大きいくらいの源じいの声がひびく。

「ある長者どんの家の座敷に、一〇人の子どもが集まって、両手をつないで輪をつくり、ぐるぐるぐるぐる回っていたんだと」

源《げん》じいのゆったりとした語りにはこの地方独特《どくとく》のリズムがあって、すーっと頭にしみてくる。あたしたちは、息をひそめて聞き入った。

「ぐるぐるぐる、まわって遊んでいるうちに、どうしたことか、一一人になっていたんだと。子どもら、不思議がってたがいの顔を見たんだけれども、一人も知らない顔はなく、一人も同じ顔もない。数えてみたが、どう数えても一一人だったたんだと」

少し低いやわらかな声と、歌うような言葉のうねりは心地《ここち》よく、あたしの頭の中には、とまどう子どもたちの姿《すがた》がありありとうかんできた。

「子どもらがあんまりさわぐもんで、大人が出てきて『ふえた一人が座敷《ざしき》わらしなのだぞ』と言ったんだと。子どもらはだれもかれも『おらではねえ』『どうしたっておらだけは座敷わらしではない』と言いはって、一生懸命《いっしょうけんめい》目を見はって、きちんと座《すわ》っておったんだと。どっとはれ。……おしまい」

源じいが最後のひとことを話し終えた瞬間《しゅんかん》、あたしたちは魔法《まほう》がとけたみたいに、「ふーっ」と深いため息をついた。

「『座敷《ざしき》わらし』というのはこのあたりの呼《よ》び方で、他《ほか》にも『座敷ぼっこ』『御蔵《おくら》ぼっこ』『座敷小僧《こぞう》』『カラコワラシ』などという呼《よ》び方もあります。座敷わらしは、座敷や蔵《くら》にすんでいるといわれています。見た人には幸運がおとずれる、すみついた家に富《とみ》をもたらすともいわれています」

「じゃあ、いい妖怪《ようかい》ってことですか？」

だれかが質問《しつもん》した。

「妖怪というより、福の神のような存在《そんざい》です。座敷わらしのいる家は栄えるわけですから。ただ、ひとつ困《こま》ったことがあります。座敷わらしがいる間はいいのですが、出て行かれると、たちまち家は落ちぶれてしまうのです。柳田國男《やなぎたくにお》が書いた『遠野《とおの》物語』という本には、座敷わらしが去った家の家族が食中毒で全滅《ぜんめつ》したという話がのっています」

「やだー」「こえー」という声があがる中、またたれかが手をあげた。

「座敷わらしって、どんな格好《かっこう》をしてるんですか？」

「子どもの姿《すがた》をしています。年は五、六歳《さい》ぐらい。男の子も、女の子もいて、女の子の髪《かみ》はおかっぱで……」

ドキッとした。

「着物を着ています」

えっ、ちょっと待って！　それってさっきの……。

「みなさん！」

ふいに、美佳《みか》さんが声を上げた。みんながびくんとふり返る。

「バスの中でお約束していたお話、翠風荘《すいふうそう》が何で超有名《ちょうゆうめい》なのかというお話をさせていただきます。ここ翠風荘は、〝座敷《ざしき》わらしがすむ宿〟として、全国的に知られているのです」

「おおー」という声があがる。

「ここで、座敷わらしを見たという人がおおぜいいます。そしてその姿《すがた》を見た人は、必ず良いことがあったということです。その座敷わらしがいると言われているのが、この部屋、『楓《かえで》の間』です。この部屋に泊《と》まりたいという人が殺到《さっとう》したため、『楓の間』は宿泊《しゅくはく》する部屋ではなく、こうしてみんなで自由に使える部屋になっているということです」

「ほんとうにいるんですか？」「源《げん》じいは見たんですか？」「今もいますか？」

それには答えず、源じいはにやりと笑った。

「見た人の話によれば、女の子だそうです。座敷《ざしき》わらしは普通《ふつう》名前をもちませんが、この宿の座敷わらしは、この部屋の名前にちなんで『楓《かえで》』と呼《よ》ばれています」

……そうか、楓っていう名前だったんだ、あの子。

「というわけで、スペシャルイベントは終了《しゅうりょう》です」

言いながら美佳《みか》さんがスイッチを入れると、部屋が明るくなった。と同時に、みんながいっせいに話し出した。

「座敷わらし、見たいなぁ」

「良いことがあるなら見たいよね？」

「楓ちゃん、出てこないかなぁ」

「おれ、今夜この部屋にこっそり来てみようかな」

みんな、口々に勝手なことを言っている。あたしは内心「ふふん」と笑った。

あたしは見たもん！　みんなには見えてなかったみたいだけどね！

その夜、あたしはいい気分だった。いい気分のまま、眠《ねむ》りについた。

「……っと、ちょっと」

遠くで声がする。

「……ねえ、起きてよ」

この声、舞《まい》？　もう大阪《おおさか》から帰ってきたの？

「お・き・て！」

え、ここ、家？　あたし、いつの間にツアーから帰ってきたんだっけ？

「なに寝《ね》ぼけてんの？　いいかげん、目を覚《さ》ましなさいよ！」

耳元で、叫《さけ》ばれた。

「うわわっ！」

飛び起きた。あたりはうす暗いけど、ここがあたしの家じゃないってことはわかる。

そっか、やっぱりツアーはまだつづいていたんだ。……ってことは、ここは翠風荘《すいふうそう》？

でも何かおかしい。あたしの部屋は四人部屋だったのに、ここにはあたししかいない。

がらんと広い部屋に、たった一人。ほかの三人は、お布団《ふとん》ごと消えている。

暗さに目がなれてきたところでよく見ると、部屋の感じもちがっている。

テレビがない。お布団《ふとん》を敷《し》くときに部屋の片隅《かたすみ》に寄《よ》せておいた座卓《ざたく》と座椅子《ざいす》もない。窓《まど》辺《べ》にあった、一人用のソファーと小さなテーブルも消えている。

「ここは……」

ぐるりと見まわして、部屋に大黒柱と床《とこ》の間《ま》があることに気づいた。この床の間には、見おぼえがある。夕食の後、源《げん》じいが「座敷《ざしき》わらしの話」を聞かせてくれたとき、背《せ》にしていた床の間だ。――ってことは、ここは、楓《かえで》の間？

「そうだよ」

背中から、声が聞こえた。ふり返ると、枕元《まくらもと》にぼんやりと人の姿《すがた》がある。

舞《まい》？　……じゃ、ない！　なわけない！

「楓だよ」

「楓って……ざ、座敷わらし……の？」

「そういうこと」

こくんとうなずいて、立ち上がった。そして、床の間にひょいと腰《こし》をおろした。

夕暮《ゆうぐ》れ時に見たときは浴衣《ゆかた》だと思ったけれど、よく見ると、赤い着物に赤いちゃんちゃんこを着ているのがわかる。

「あの……どうしてあたし、この部屋で寝《ね》てるのかな？　他《ほか》の子は？」

「ほかの子は部屋で寝てるよ。あんただけ、ここに移《うつ》したんだ」

「そんなこと、できるの？」

こんな小さな子が、どうやったらみんなに気づかれないように、布団《ふとん》ごとあたしをこの部屋に移したりできるんだろう？

「きゃはははは」

楓《かえで》が急に笑い出した。

「何がおかしいの？」

「あんた、わたしがいくつに見える？」

「えっと、源《げん》じいはたしか五、六歳《さい》って……」

「三二六歳！」

「え？」

「わたし、三二六歳だから」

「そ、そんなに長く生きてるの？」

「生きてないから。わたし、死んでから三二六歳《さい》だから！　源《げん》じいに聞かなかった？」

「楓《かえで》ちゃんの年のことまでは……。それに、死んでるってことも。福の神って聞いたけど？」

「はあーあ」

楓は、大きなため息をつくと、あたしの顔をじっと見つめた。

「あのね、座敷《ざしき》わらしっていうのは、ほとんどが生まれると同時に神様に返された子どもなんだよ。口べらしのためにね」

「返される？　口べらし？」

「ひどい飢饉《ききん》……って言ってもわかんないか。お米や野菜が不作で、食べ物がないことだよ。昔、このあたりでは、その飢饉のせいでおおぜいの人が飢《う》えて死んだんだ。特に貧《まず》しい農村では、生まれたばかりの子どもを親が殺してしまうことがよくあったの」

「親が？　子どもを？」

信じられない。

「生まれてきても、食べるものがなくてとても育てることができない。かわいそうだから、神様にお返ししようって考えたんだね。ほら、『子どもは神様からの授《さず》かりもの』って言うでしょう? だからお返しするわけ。そういう子が、座敷《ざしき》わらしになるって言われているの」

「じゃあ、楓《かえで》ちゃんも?」

「わたしが生まれた年もひどい飢饉《ききん》だったから。わたしは名前もつけられないうちに返されたの。『楓』っていうのは、死んで、座敷わらしになってからつけられた名前なんだ」

見かけも声も五、六歳《さい》だけど、話していることは大人みたいだ。

特に、名前がなかった、という話には胸《むね》がつまった。あたしは楓とは逆《ぎゃく》に、大きくなってから名前を失った。

最初は、舞《まい》が生まれたとき。パパやママ、おじいちゃんやおばあちゃんから「花《はな》ちゃん」「花ちゃん」って呼《よ》ばれていたのが、急に「お姉ちゃん」に変わった。

二度目は、二人でピアノを習い始めたとき。教室に通い始めて間もなく、舞には音を聴《き》きとる力と、耳で聞いたメロディーをピアノで正確《せいかく》に再現《さいげん》できる力があることがわかった。

「北上《きたかみ》さん、これはすごい才能《さいのう》ですよ！」と真理子《まりこ》先生がテンションマックスでママに電話してきた時から、あたしは「舞《まい》ちゃんのお姉ちゃん」と呼《よ》ばれるようになった。名前で呼ばれるのは、学校だけ。家でもピアノ教室でも、あたしの名前を呼ぶ人はいなくなった。

考えると、胸《むね》にどす黒い雲が広がってゆく。

「楓《かえで》ちゃんはさ、うらんでないの？　親に殺されたのに、どうして人を幸せにできるの？」

あたしは無理。舞も、舞ばかりかわいがるママも、あたしを「舞ちゃんのお姉ちゃん」としか呼んでくれない真理子先生も、ほんとうは大嫌《だいきら》い。舞がコンクールで失敗すればいいのにって思うことさえある。

「そうねぇ。あの時代、あたしみたいな子はいっぱいいたし、そういうことを考える間もなく死んじゃったしね。座敷《ざしき》わらしになった理由は、ほんの一瞬《いっしゅん》しかいなかったけど、それでもやっぱり、もっと人の世を見てみたいと思ったからかな」

「それで、三〇〇年以上もここにいるの？」

「うん。わたしのことが見える人はそう多くないけど、見た人はみんな喜んでくれる。親に歓迎《かんげい》されなかったわたしが、見ず知らずの人から歓迎されるって、うれしいよ」

楓《かえで》は、にこっと笑った。あたしは涙《なみだ》が出そうになった。

「とにかくここの人たちは、昔っからわたしのことを、そりゃあ大事にしてくれてるの。だから、ついつい長居《ながい》しちゃったんだよね。だいぶ長くなったから、少しよそも見てみたくなった。で、おととし、ふらっと遠出してみたんだ」

「え？　ここを、翠風荘《すいふうそう》を出たの？」

座敷《ざしき》わらしが出て行った家はたしか……。

「ちょっとだけ、ね。遠野《とおの》にいる友だちのところに行ってみたの。遠野はさ、前に大きな地震《じしん》と津波《つなみ》があったとき、海沿《うみぞ》いに住んでいた人たちがおおぜい避難《ひなん》してきた町なんだ」

おぼえてる。あたしはまだ小さかったけど、黒い波が町をのみこみ、車や家を押《お》し流す様子をテレビで何度も見た。

「避難してきたのは、人だけじゃなかった。すんでいた家や蔵《くら》を失った、座敷わらしたちも来てたんだ。そのまま遠野に居《い》ついた子たちに、会いに行ったってわけ。ほんの少し留《る》守《す》にしただけだったんだよ。でも、留守にしたその日の晩《ばん》に、たいへんなことが起こった」

「たいへんなこと？」

「火が出て、翠風荘《すいふうそう》は全焼《ぜんしょう》したの。わたしがいた楓《かえで》の間も焼けちゃって……」

「それで、どうしたの？」

「仕方ないから、庭のほこらにすむことにした。焼けて間もなく、前にわたしに会いに来てくれた全国各地のお客さんたちが力を貸《か》してくれるようになった。おかげで翠風荘は去年、何とか復活《ふっかつ》した。楓の間も新しくなったので、こうしてもどって来られたの。あのときは、本当に悪いことしちゃったなぁって反省した」

そうか、だからこの旅館、まだ新しかったんだ。

「この翠風荘にはさあ、やっぱり座敷《ざしき》わらしが必要なんだってことがよくわかった。今度出て行くときは、ぜったい代わりの子を見つけてあげなきゃって思ってたんだよね」

楓が、ふいに口をつぐんだ。そしてそのまま、じっとあたしを見つめている。

「ねえ、そういえば、あんたの名前、聞いてなかったよね？」

「あたし？　あたしの名前は、北上花《きたかみはな》」

「ふうん。花ちゃんっていうんだ」

にこっと笑うと、楓《かえで》はつぶやいた。

「花《はな》ちゃん、みーっけ！」

うれしそうに。本当にうれしそうに。

見た人を幸せにするという座敷《ざしき》わらしを、ただ見ただけじゃない。あたしは、会って、話までした。

いいことって、何だろう？　いったい、どれほどいいことがあるんだろう？

くふふと笑ったのが、自分なのか楓なのかわからないまま、あたしはまた眠《ねむ》りに落ちた。


「夢《ゆめ》……じゃ、なかったんだ」

目が覚《さ》めたとき、あたしはまだ楓の間にいた。さしこむ朝日で、座敷の中はまぶしいくらいに明るい。いつの間にかお布団《ふとん》は消えて、畳《たたみ》の上に、あたしは長々と寝《ね》そべっていた。

やがて、廊下《ろうか》の向こうから、どやどやと足音が近づいてきた。ツアーのみんなだ。

「おはよう！」

飛び起きてあいさつしたのに、「おはよう」と返してくれる人はいない。美佳《みか》さんもだ。

「さあ、記念写真を撮《と》りますから、床《とこ》の間《ま》の前にならんでください。写真をとったら、すぐに出発ですからね。並《なら》び方は……」

「もう出発って、どういうこと？　あたし、まだ朝ご飯も食べてないんだけど？」

つめよるあたしをきっぱり無視《むし》して、

「全部で一七人だから、前から五人、六人、六人と、三列に並んでください。一番前の列の人は正座《せいざ》、二列目は中腰《ちゅうごし》、三列目の人は立ったままです。じゃあ、最初の五人！」

美佳《みか》さんは、みんなを手早く並ばせはじめた。……ったく、もうっ！

あきらめて、あたしもみんなと並ぶことにした。三列目の右端《みぎはし》に。なのに……。

あたしが入る、場所が……ない！　これって、どういうこと？

みんなは美佳さんの指示《しじ》通り、一番前の列から五人、六人、六人と並んでいる。

全部で、一七人。あたしがまだ並んでいないのに。

……ってことは、一人、増《ふ》えてない？

「美佳さん、おかしいよ！　子どもが一人多いよ！　全部で一八人いるよ！」

抗議《こうぎ》するけどやっぱり無視だ。美佳さんは「撮りますよ」とスマホを構《かま》えた。まるであたしが見えていないみたいに。いや、「みたい」じゃない。本当に「見えていない」のかも。

その証拠《しょうこ》に、さっさとシャッターを切ると、「ではまいりましょう！」と歩き出した。

「待って！　まだあたしがいるって！」

追いかけて楓《かえで》の間を出ようとしたとたん、バン！　と何かにぶつかった。

目には見えない、透明《とうめい》な、ガラスの壁《かべ》のようなものだ。いつの間にこんなものが……。

「美佳《みか》さん！」「みんな！」「待って！」

呼《よ》びかけるけれど、だれ一人、ふり向《む》きもしない。

廊下《ろうか》の角を曲がるとき、みんなの中に、おかっぱ頭がちらっと見えたような気がした。

静まり返った座敷《ざしき》にぼうぜんと座《すわ》りこんでいると、「あんた！」と声をかけられた。

ふり返ると、いつの間に来たのか、源《げん》じいが立っていた。

「あんた、名前は？」

よかった！　源じいにはあたしが見えるらしい。

「き、北上花《きたかみはな》。花です。あの、あたし……」

「ふうん、『花』というのか。じゃあ、今日からここは『花の間』だな」

腕《うで》を組み、うれしそうにうなずいている。

「え、でも、ここは『楓《かえで》の間』というんじゃ……」

「あんたも見ただろう？　楓はさっき出ていったよ。ツアーのみんなと一緒《いっしょ》にな」

そうか、あれはやっぱり楓だったんだ。あれ？　ってことは……。

「これから長いつきあいになりそうだな。しばらくの間、楓みたいに勝手に出歩くのはナシだからな。よろしくな、花ちゃん」

それから源《げん》じいは、にやりと笑ってこう言った。

「『花の間』、いい名前じゃないか」


（佐々木ひとみ・文）

5　ナマハゲ鬼《おに》ごっこ

添乗員《てんじょういん》の美佳《みか》さんがマイクを手にして言った。

「現在《げんざい》、みちのく妖怪《ようかい》ツアーの参加者は一七名ですね。バスは間もなく秋田県《あきたけん》に入ります」

そういって美佳さんは笑顔《えがお》を見せたけど、目は笑っていなかった。きれいな人だけど、性格《せいかく》は冷たそうな感じがする。

ふーん、ツアーの参加者って、三人減《へ》ったんだ。理由は親がむかえに来たとか、親せきの家に泊《と》まるとからしいけど、本当はこわくなったんじゃないか？

昨夜も「妖怪が出た」とかいって青くなってるやつがいたな。そんなにこわいなら、参加しなきゃよかったのに。ぼくはへいきだ。妖怪なんて人間がつくったものだってこと、ちゃんとわかってるし。正直言って、ぼくはこのツアーに飽《あ》きていた。「本物の妖怪《ようかい》に会えるかも！」なんてパンフレットにあったけど、ぜんぜん会えてないじゃん。ま、本物の妖怪なんていないけど。

そういえば、秋田県《あきたけん》には、なんとかハゲっていう妖怪がいるんだっけ。

そのとき美佳《みか》さんが言った。

「みなさん、みちのく妖怪ツアー五つめは『ナマハゲの里』です」

そうそう、ナマハゲ。

「ナマハゲは、頭には角、口には牙《きば》をはやしたおそろしい顔をしています。大みそかの夜、山からおりてくると『泣く子はいねがぁ〜。なまけ者はいねがぁ〜』と叫《さけ》んで、里の家々におしいるのです。その手には、大きな包丁を持っています」

美佳さんは声を低めにしておどすように言ったけど、ぼくはちっともこわくなかった。

パソコンの動画で見たことがある。赤鬼《あかおに》、青鬼みたいなお面をつけていて、髪《かみ》の毛がもじゃもじゃしていて、どこがハゲなんだよ？　って思った。そんで「ぐおぉぉ〜」ってうなって子どもを泣かせたりする。でも、その中身は「ナマハゲ保存会《ほぞんかい》」のおじさんたちなんだ。大きな包丁だって、木の板でできていた。

ぼくは、美佳《みか》さんの話を聞きながら心の中でツッコミを入れたけど、声にはださなかった。すると、女子のだれかが聞いた。

「ナマハゲは、なんで包丁を持っているんですか？　あたし、あの大きな包丁がこわい」

「包丁は、『ナモミ』をはぐためです」

「ナモミ？」

「なに、それ？」

女子たちがつぶやくと、すぐに美佳さんが答えた。

「ナモミというのは、火にあたりすぎてできる赤いまだら模様《もよう》のことです。昔は、今のようなエアコンがなかったので、囲炉裏《いろり》というものをつくり、家の中で火を燃《も》やして暖《だん》をとっていたのです」

囲炉裏なら、社会科見学で行った古民家で見たことがある。家の中でたき火するみたいな感じだよな。

「その囲炉裏のそばで長い時間じっとしていると、皮膚《ひふ》が低温やけどをおこし、腕《うで》や足に赤いまだら模様《もよう》、つまりナモミができるのです。それは、働かずになまけていたという証拠《しょうこ》でもあります。ナマハゲは、そういうなまけ者をこらしめるため、ナモミをはぎにやってくる。そこから『ナモミハギ』、やがてそれが『ナマハゲ』になったといわれています」

ふーん、「ハギ」から「ハゲ」になったのか。ハゲてるからじゃないんだ。

「じゃあ、そのナモミができてなければ、べつに包丁持っててもこわくないんですよね？」

また、さっきの女子が聞いた。

すると美佳《みか》さんは、意味ありげに目を細めた。

「そうですね。ナモミができてなければ、はぎ落とされることもありませんね。ただ、ナマハゲは、包丁よりももっとこわいものを持っています」

へぇ、包丁よりこわいものって、日本刀？　機関銃《きかんじゅう》？　それとも爆弾《ばくだん》か？

美佳さんが話をつづける。

「それは、ナマハゲ台帳です」

は？　なんだそれ。

「ナマハゲ台帳というのは、人間の行いが記録されているノートです。なまけていないか、悪いことをしていないかどうか、ナマハゲはその台帳を見て判断《はんだん》し、人間をこらしめます。かつては、その村で悪い行いをしていた人間が、ナマハゲに連れ去られてしまった、という言いつたえもあるようです」

なーんだ、ただの記録じゃないか。先生が成績《せいせき》をつけるために記録しておくノートみたいなやつだろ。そんなのべつにこわくないじゃん。「死者ノート」みたいに、このノートに名前を書かれたやつは死ぬ、とかならマジでこわいけどさ。

なーんてぼくは、いちいち心の中でツッコんでいたけれど、次の言葉にはハッとした。

「ところでみなさん、じつは今日、ナマハゲの里では『ナマハゲ鬼《おに》ごっこ大会』があります」

なに、鬼ごっこだって？　ぼくは顔をあげる。

「夏休みのとくべつ企画《きかく》だそうです。五体のナマハゲたちと鬼ごっこをして、三〇分間逃《に》げきった人には、豪華《ごうか》な景品がプレゼントされます。参加したい人は、バスを降《お》りたら、受付に申しこんでくださいね」

よっしゃ！　ぼくは鬼《おに》ごっこが得意なんだ。高オニ、色オニ、こおりオニ。低学年のころいろんな鬼ごっこをしたけど、めったにつかまらなかった。ポイントは要領《ようりょう》よく逃《に》げること。ひさびさに腕《うで》がなるな。うまく逃げきって、豪華《ごうか》景品をゲットするぞ！

ナマハゲの里に着くと、ぼくはさっそく受付のテントへ行って申しこみをした。

参加者のしるしである番号バッジをもらい、胸《むね》につける。八二番。「はやく逃げる」か。いい番号だ。

そのとき、となりのテントから、香《こう》ばしいにおいがただよってきた。見ると、炭火の炉《ろ》で串《くし》にさしたなにかを焼いている。焼き鳥のつくね棒《ぼう》みたいだけど、もっと太くて大きい。

エプロンをかけているおばさんに聞いてみた。

「それ、なんですか？」

「『味噌《みそ》焼ききりたんぽ』だよ」

「ミソヤキキリタンポ？」

「きりたんぽを知らないの？　秋田《あきた》の名物だよ。ほんとは鍋《なべ》に入れて食べるんだけど、今は暑いからね。こうして、あまい味噌《みそ》をつけて焼いて食べるのもおいしいんだよ」

朝ごはんはいっぱい食べたけど、あまい味噌の焼けた香《こう》ばしいにおいをかいだせいか、ぼくはお腹がすいてきた。一本買って、かぶりつく。

うまいっ！　中はご飯なんだ。お米の粒《つぶ》がつぶされていて、おもちとご飯の中間くらいかな。そのハンパにかたまっている感じがいい。あまい味噌がちょっとしみこんでいるところもあって、そこがおいしい。あっという間に食べ終わり、もう一本食べたいと思った。でも、間もなく開始しますというアナウンスが流れたのでやめた。鬼《おに》ごっこが終わったら、ぜったいまた食べるぞ。


「それでは、ナマハゲ鬼ごっこ大会、はじめ！」

ド――――ンッ！

太鼓《たいこ》の合図で、ぼくらはあちこちへ走りだした。鬼ごっこ大会の参加者は、全部で一〇〇人くらいかな。子どもだけでなく大人もいる。みちのく妖怪《ようかい》ツアーの子たちも、ほとんど参加しているようだ。

ドーーンッ、ドドーンッ!

また太鼓《たいこ》が鳴った。今度はナマハゲ出動の合図だ。

「ぐおぉおおおおおおぉぉ〜〜っ」

「ぐおぉおおお〜〜っ、ぐおぉぉおおぉおお〜〜っ」

ナマハゲたちがおたけびをあげる。地面をゆさぶるような、野生動物のうなり声のような、おなかにひびくぶきみな声だ。さすがに、動画で見るより迫力《はくりょく》あるな。

「ぐおぉおおおおお〜〜っ、泣く子はいねがぁ〜」

「ぐおぉおおおおお〜〜っ、なまけ者はいねがぁ〜、ぐおぉおおおおお〜〜っ」

赤い顔のやつが二体に、青い顔のやつが三体いる。ライオンのたてがみみたいなぼさぼさの髪《かみ》をふりみだし、ワラでできた服を体にまとって、手には大きな包丁を持っている。

「ぐおぉおおおおお〜〜っ、夏休みの宿題やってねぇ子はいねがぁ〜。つかまえるぞぉぉぉお〜〜っ」

鬼《おに》ごっこのルールは簡単《かんたん》。ナマハゲにつかまったら負け。逃《に》げきったら勝ち。ただし会場の外へ出たら失格《しっかく》。

会場は東西に広くて、大きな木や草やぶや御堂《みどう》など、かくれるところもそれなりにある。

ぼくはざっと見まわし、全体のようすを確認《かくにん》した。

そのあとは、走るのが速くなさそうな低学年くらいの女子を見つけて、その子と一緒にとろとろと逃《に》げた。

「ぐおぉぉぉぉぉ〜〜っ」

すると、近くでナマハゲの声がしたので、ぼくはあわてて走った。

「きゃあっ！」

「ほうら、つかまえたぞ」

うしろで、その子がつかまった。

鬼《おに》ごっこのとき、鬼はたいてい、つかまえやすそうな人をねらうんだ。だから足の速い人とおそい人がいれば、当然おそい人がターゲットにされ、その間に速い人は逃げられるというわけ。これ、鬼ごっこの常識《じょうしき》。

ぼくは石灯籠《いしどうろう》にかくれながらようすを見る。

赤いお面のナマハゲは、つかまえた子を近くにいたスタッフに引きわたすと、つぎの参加者をねらって走り去った。キャップをかぶり、ネームプレートをつけたスタッフは、その子の番号バッジをはずすとこう言った。

「あなたはつかまったので、ここで終わりです。おつかれさま。これは参加賞のお菓子《かし》です」

スタッフが紙袋《かみぶくろ》をわたす。その子は、くやしいけどお菓子もらったからまあいいや、みたいな表情《ひょうじょう》で行ってしまった。

その後、西の方から高校生くらいの二人のお姉さんたちが走ってきた。ぼくは近づいて聞いてみた。

「西の方で、ナマハゲ、何体見ましたか？」

「えーと、赤と青と二体、見たよ。この辺にもいる？」

「さっき、あの石灯籠《いしどうろう》の向こうで、小さい子が一人つかまってました」

「そのナマハゲは、どっちへ行ったの？」

「池の方へ行きました」

「そっか。じゃあ、池と反対の方へ逃《に》げなきゃね」

「うん、そうだね」

お姉さんたちはうなずきあうと「おたがい、がんばろうね」とぼくに手をふり、また走っていった。

ぼくは、今までに見聞きしたナマハゲの情報《じょうほう》を整理する。西の方には二体か。あとは、さっきの赤いのと、御堂《みどう》の近くをうろうろしているやつが二体いたな。

鬼《おに》ごっこにおいて情報収集《じょうほうしゅうしゅう》は大切だ。できるだけ鬼の位置を把握《はあく》しておけば、むだな体力を使わずに逃《に》げられる。いざというときのために、体力は温存《おんぞん》しておくほうがいい。

ぼくは、ナマハゲの動きに注意しながら、東の方へ向かった。

とちゅう、同じツアーに参加しているやつに出会った。名前は知らない。たぶん四年生くらいだろう。そいつが、なれなれしく聞いてきた。

「ねぇ、今、ナマハゲ、どの辺にいる?」

どの辺にいるって、ずいぶん気軽に聞くな。情報ってのは、自分の目と耳と足で集めるもんだぞ。

「さっき、東の方へ二体くらい走っていったから、西の方が安全だと思う」

ぼくは逆《ぎゃく》のことを教えてやった。

「そうなんだ」

そいつは、ぼくの言葉を信じて西へ向かった。頭悪いな。ぼくがどっちへ行こうとしているか、見てわからないのか？　わざわざ危険《きけん》な方へ行くわけないじゃないか。鬼《おに》ごっこをしているとき、敵《てき》は鬼だけじゃないんだぞ。

ぼくは、東の方へ向かった。

少し行くと水車小屋が見えた。小川の水はかれているので、水車は動いていない。あの中に、かくれていられる場所があるかもしれない。ぜったいに見つからないような場所でじっとしていれば、むだに走りまわらなくてすむ。

そんな期待をこめて水車小屋の入り口に立つ。木でできた重い引き戸をあけると、ギギギーッときしんだ音がした。中に入ると、ほかの人に知られないよう、すぐに戸をしめた。

中はうす暗い。窓《まど》はしまっていて、戸板のすき間から入る光で、なんとなくようすがわかるくらいだ。

ぐるりと見まわし、ぼくはギョッとした。板の間に腰《こし》をおろしている人がいる。その人は、ぼさぼさの髪《かみ》で、ワラでできたような服を着て、頭には二本の角が……。

「うあっ、ナマハゲだ！」

おどろいて、外へ出ようとした。

ところが、引き戸があかない。両手で引っぱってもあかなくなってしまった。なんだよ。なんでこんなところにナマハゲがいるんだよ？　ぼく、ワナにかかったうさぎみたいじゃないか。くっそーっ、なんで、この戸あかないんだ？　こんなところでつかまるなんて、大バカだろ。ぼくは、引き戸を足でけとばしたり、体当たりしたりした。それでもあかない。

もう、終わりだ。しかも、こんなに早く。豪華《ごうか》景品もゲットできない……。

「おい、小僧《こぞう》、どした？」

そのとき、ナマハゲの太くて低い声がした。

ぼくは、ぎくりとしてふりむき、背中《せなか》を引き戸にはりつける。

「なんだ、おまえ。ワナにかかったうさぎみてえな顔してるな。そう、あわてるな。おれは今、休憩中《きゅうけいちゅう》だ。休んでいる間は、仕事はしねぇ」

休んでいる？　暗がりの中のナマハゲをもう一度見る。両手をひざにおいて前かがみになっている。走りつかれたのかな。そういえば、ナマハゲ保存会《ほぞんかい》の人たちって、平均年齢《へいきんねんれい》は六〇歳《さい》と言ってたっけ。

ぼくは、ふうっと息をはいた。よかった。まだ、終わりじゃない。

「どれ、休憩《きゅうけい》ついでに、おまえの記録でも見てやるか。名前は、なんだ？」

「鈴木佑人《すずきゆうと》」

ナマハゲは、ノートのようなものをとりだし、ぼくに見せびらかすようにした。

「小僧《こぞう》、これを知ってるか？　人間の行動が書いてあるんだ」

ちょうど、すき間からさしこんだ光で、表紙に書かれた字が見えた。

「ナマハゲ台帳」と、墨《すみ》で書いてある。

ああ、美佳《みか》さんがいってたやつか。ナマハゲのこわ～い持ち物。

だけど、その表紙の字は笑えるくらい下手で、ノートといっても、使わない紙を束《たば》にしたような手づくり感にあふれたやつだ。ナマハゲは、そんな台帳をめくっている。

「んーと、おまえが最近、どんなことをしたかというと……」

そのとき、足元でカタンと音がした。

見ると、木の棒《ぼう》が転がっていた。なんだ。さっきは、これが、引き戸のつっかえ棒になっていてあかなかったのか。今、棒がはずれたから、今度は楽にあけられる。

だけどぼくは、そこにとどまった。

せっかくだから、こわーいこわーいナマハゲ台帳とやらに、なにが書いてあるのかを聞いてやろうじゃないか。どうせ、

「寝坊《ねぼう》して学校に遅刻《ちこく》しそうになったことがあるだろう」

とか、

「家の手伝いをしないでゲームばっかりしているだろう」

なんて、だれにでも当てはまるようなことにちがいないけど。

それならそれで、

「ぼくが通っている学校の名前もわかりますよね?」

「ぼくがやっている手伝いがなんなのかも知ってますよね?」

と、逆《ぎゃく》に質問《しつもん》してやろう。

ぼくはよゆうの笑《え》みをうかべて、ナマハゲがなにを言うかを待ちかまえた。

ナマハゲは、せきばらいを一つすると、台帳を読みあげるように言った。

「まずは、おまえの今日の記録だが、なになに……わざと足のおそい子どもと逃《に》げ、その子を鬼《おに》につかまえさせた。同じツアーの人間に、ニセの情報《じょうほう》を与《あた》えてだました」

な、なんだよ。それ、さっきのことじゃないか。なんでそんなことを知ってるんだ？

こいつ、読んでるふりしてるけど、本当は、ずっとぼくの近くにいて見てたんだな。やなやつ。

さらにナマハゲは言った。

「七月三日、朝寝坊《あさねぼう》して学校に遅刻《ちこく》した」

ほらきた。予想どおりだ。まあ、たしかに一学期、一日だけ遅刻したことがある。何日だったかは忘《わす》れたけど。

ぼくは聞いてみた。

「なんで、わかるんですか？」

「なんでって、このナマハゲ台帳にはな、たいていのことが書いてあるんだ」

「じゃあ、ぼくが通っている小学校の名前も書いてあるんですよね？」

「ああ。それはだな……青葉《あおば》第二小学校だ」

ん？　受付のときは、名前と住所だけで、学校の名前は書かなかったのに……ああ、そうか、住所がわかれば学区もわかるから、それで調べたんだな。

するとまた、ナマハゲが言った。

「六月一〇日、家の手伝いをさぼった。おい、小僧《こぞう》、なまけちゃだめだろ」

これも予想どおりだ。ぼくはすまして言ってやった。

「さぼってませんよ。だいたい、ぼくがなんの手伝いをしているか、わかるんですか？」

「さぼってないだと？　小僧、ウソつくなよ。ちゃんと書いてあるんだぞ。玄関《げんかん》のそうじと、金魚の水槽《すいそう》のそうじをさぼっただろ。しかも、妹にそうじさせて自分がやったことにした。ずるいやつだな」

ずるいって、そんなの、兄妹《きょうだい》ではよくあることだよ。宿題の答えを教えてやったから、そのお礼をさせただけだ。

「五月一六日、塾《じゅく》で、成績《せいせき》がのびない同級生をさんざんバカにした。その後、その子は塾をやめた。おまえ、ひどいことするな」

だってあいつ、ぼくよりデキないくせに、有名中学を受験するっていうから、なんかイライラして。たしかにあのあと、あいつ、塾《じゅく》にきてないな。

「四月二三日。小さいころから仲のよかった順也《じゅんや》に、『修学旅行《しゅうがく》のとき、いっしょのグループになって』とお願いされ、『いいよ』と答えた。しかし翌日《よくじつ》のグループ決めで、おまえはクラスで力を持っている剛介《ごうすけ》のグループに入り、順也をムシした。なぜなら、順也がイジメのターゲットになっているから。おい、おまえ、昔からの友だちを裏切《うらぎ》ったのか」

だ、だって、順也と仲よくしたら、ぼくもイジメられるじゃないか。イジメのターゲットになったら、学校生活は終わりなんだ。

だけど……、

「なんでそんなことが、わかるんですか？」

ぼくは、暗がりの中のナマハゲをにらみつけた。

「なんでって、これに書いてあるからだ」

ナマハゲは、当然だというように手で台帳をパンパンとたたく。

そして、ふたたび台帳を見て言った。

「なに？　そもそも順也《じゅんや》がイジメられるきっかけとなったのは…………なんだと？

おまえ、こんなことまでしたのか」

うーむ、とナマハゲが低い声でうなる。

もしかして、あのことも知られてる？　まさか、そんなわけない。あれは、だれも知らないことだ。

ぼくの心臓《しんぞう》が、ドクンドクンと大きく鳴りだした。

こいつ、なんかヤバい気がする。

ぼくは、うしろの引き戸に手をかけた。

逃《に》げなきゃ。

でもそのとき、ナマハゲが「どーれ」といって立ちあがった。

「休憩《きゅうけい》は終わりだ」

ぼくは、力まかせに引き戸をあけた。

ギギギッと、きしんだ音がした。

水車小屋から出るなりダッシュする。ふり返らずに、ひたすら走る。

なんなんだ、あいつ。ナマハゲ保存会《ほぞんかい》のじじいのくせに。

心臓《しんぞう》をバクバクいわせながら、ぼくは夢中《むちゅう》で走りつづける。

なんだってあいつ、ぼくのことを細かく調べてんだよ？　ウザいな！　だいたい、ターゲットを欲しがっていたのは剛介《ごうすけ》だ。

水車小屋からかなりはなれたところに、太い杉《すぎ》の木が見えた。ぼくはそこまで走っていって、木の裏側《うらがわ》にまわりこみ、自分の体をかくした。

「ハァ、ハァ、ハァ、……こんなに、死ぬ気で、走ったの、ひさしぶりだな……」

杉の幹《みき》に手をついて、肩《かた》で息をする。

体力を温存《おんぞん》しておいてよかった。こういうときのために、要領《ようりょう》よく逃《に》げることがだいじなんだ。鬼《おに》ごっこが得意でよかった。

と、思ったときだ。

ぼくの手首が、青色の手につかまれた。

ギョッとしてふり向くと、その青い手の人は顔も青く、髪《かみ》はライオンのたてがみみたいにぼさぼさで、角が二本はえていて、体にはワラをまとっていた。

くそっ、つかまってしまった……。

「小僧《こぞう》、おまえを見逃《みのが》すわけにはいかねぇ」

その声は、水車小屋の中にいたあいつだった。さっきは暗がりでよく見えなかったけど、まちがいない。

それにしてもこのおじさん、お面をつけてない。大きな口で牙《きば》をむいた顔そのものが青いんだ。

まさか……いやいや、これは特殊《とくしゅ》メイクに決まってる。ここまでナマハゲになりきるなんて、いい大人がバカみたいだ。

そのナマハゲが、ぼくの手を引いて歩き出した。

ああ、もう、どうせ退場《たいじょう》なんだから、さっさとスタッフの人に引きわたしてくれよ。こんなナマハゲになりきってるヘンなおじさんといっしょにいたくないよ。

しかしナマハゲは、スタッフがいない奥《おく》の方へ、ぼくを引っぱっていく。

「スタッフの人、さっき向こうにいましたけど」

ぼくは、つかまれていない手で反対の方向を指さした。

それでもナマハゲは、ずんずんと会場の奥《おく》へ向かう。

「あのう、おじさん。どこまで行くんですか？」

ぼくは手を引かれながらたずねたけど、ナマハゲは答えてくれない。そのうち、鬼《おに》ごっこ会場の境界《きょうかい》をしめす看板《かんばん》が見えてきた。

『ナマハゲ鬼ごっこ大会の会場ここまで』

ナマハゲはなんと、その看板をふみたおし、会場の外へ出てしまった。

「ちょ、ちょっと待ってください。はんとに、どこへ行くんですか？」

ぼくは、ナマハゲの手を振りほどこうとしたけど、鉄のわっかをはめられたようにがっちりとつかまれ、はなれられない。

ナマハゲは、舗装《ほそう》された道路からもそれ、今度は草やぶの中を歩きだした。濃《こ》い緑色の笹《ささ》の葉が、むきだしの腕《うで》に当たって痛《いた》い。

ぼくは抵抗《ていこう》しながら呼《よ》びかける。

「おじさん、待ってくださいよ。これって鬼ごっこですよね？　おじさんて、ナマハゲ保《ほ》

存会《ぞんかい》の人ですよね？　おじさん、ねぇ、おじさん。だまってないで、なにか、言ってくださいよ」

すると、青い顔のナマハゲがふり返り、ぼくをにらみつけた。

その目は、人間とは思えない異様《いよう》な光を放ち、口びるの両はしからのぞく鋭《するど》い牙《きば》は、本物の歯のように見えた。

「うるせぇな、小僧《こぞう》。だまって歩け！」

「いてっ……」

ぐいっといきおいよく引っぱられたので、ぼくの腕《うで》がもぎれるかと思った。

なんだよ、そんなに強く引っぱるなよ。涙《なみだ》がでてくる……。

ぼくはかすれた声で、もう一度聞いた。

「おじさん、どこへ行くんですか？」


（野泉マヤ・文）

6 雨《あめ》降《ふ》り小僧《こぞう》のワナ

ヘンだ。このツアーって、なんかヘン。

それがなにかは、うまく言えないんだけど……。

「ナマハゲの里」を出発したバスの中、あたしは添乗員《てんじょういん》の美佳《みか》さんの説明を聞きながらそう感じていた。

「これから最後の見学地、青森県《あおもりけん》の恐山霊場《おそれざんれいじょう》へ向かいます。今夜の宿泊《しゅくはく》は、霊場に近い恐山グランドホテルです。最終日の明日は、見学はありません」

そうなんだ。見学はあと一つで、明日は家に帰れるんだ。

参加者の中には、親が迎《むか》えにきたとかで、すでに帰った人もいる。あたしも、もう帰りたいな。弟や妹たちがこいしいし、それにこのツアー、なんかヘンだし。

あれ？　そういえば、前の席の男子がいない。妖怪《ようかい》なんてこわくないぞオーラを、バシバシ放ってたあの男子。ナマハゲの里で降《お》りたときは、いたはずなんだけど。なんか、妖怪スポットを見学するたびに、参加者が一人ずつ減《へ》っていくような……。

すると美佳《みか》さんが、そんなあたしのギモンに答えるかのようにいった。

「鈴木佑人《すずきゆうと》くんは、先ほどのナマハゲ鬼《おに》ごっこ中に、転んでけがをしました。骨折《こっせつ》していないかどうか、今、病院で検査《けんさ》をしているところです。心配がなければ、ホテルでみなさんと合流します」

そっか、あの男子ケガしたんだ。好きになれないタイプだけど、骨折してないといいな。

見学のたびに、必ず人が減るわけじゃないんだよね。座敷《ざしき》わらしの宿でも減ってないし。

あたしの考えすぎだよね。

「それから、みなさんにお知らせです。このツアーに間もなく、男の子が一人加わります」

美佳さんは最後にそう言うと、マイクのスイッチを切った。

ふーん、これから参加する人なんているんだ。見学地はあと一つだけなのに。ヘンな人。

道の駅でお昼を食べたあと、新しい参加者が乗りこんできて、今は空いているあたしの前の席にすわった。やせていて青白い顔の男子だ。うつむいたままあいさつもしないから、みんなもだまっている。

もともとあたしたちは、名前も知らないどうしだ。バスの中ではみんな別々だし、宿でももりあがらなかった。添乗員《てんじょういん》の美佳《みか》さんも、あたしたちをほったらかしって感じ。このツアーのそういうところも、なんかいやなんだよね。

あたしは、元気なさそうなその男子が気になった。

だから、前の席にすっと移動《いどう》して、その子のとなりに腰《こし》かけた。

その子は、あたしを見て目を見ひらいた。こいつ、なんでぼくのとなりにすわるんだ？という顔だ。

あたしは気にせず、ひそひそ声で話しかけた。ふつうの声でしゃべると、静かな車内につつぬけになりそうだから。

「あたし高橋沙奈《たかはしさな》。あなたの名前は？」

その子はうろたえながら答えた。

「ぼ、ぼくは、あ、雨宮清司《あめみやせいじ》」

あたしが積極的に話しかけると、こうやってまごついた感じになる人、よくいるんだ。雨宮くんは、目が細くて口が小さい。あたしと同じ五年生かな？　もしかすると六年生かも。昼休みに校庭を走りまわるタイプの男子ではなく、晴れていても図書室ですごすような感じだ。

「ねぇ、なんで今ごろきたの？　見学するところは、あと一個だけだよ」

「あ、あの、ぼく、おとといは具合が悪くなって……、だけど、だいぶよくなってきたから、せっかく申しこんだから、参加しようと思って……」

雨宮くんはしどろもどろに答えた。

「そっか、具合悪かったんだ。残念だったね。じゃあ、今までにどんな妖怪《ようかい》スポットをまわってきたか、知りたいでしょ？」

「う、うん」

雨宮くんが興味深《きょうみぶか》そうな表情《ひょうじょう》を見せたので、あたしは話しはじめた。

「最初はね、福島妖怪《ふくしまようかい》ミュージアムで、けっこうリアルな妖怪の展示《てんじ》を見て……」

そうして、たんころりんや泥田坊《どろだぼう》の話、座敷《ざしき》わらしの宿、ナマハゲの里のことも話した。

すると、だまって聞いていた雨宮《あめみや》くんが、ボソッと言った。

「沙奈《さな》ちゃんは、妖怪って、こわい？」

「うーん、どうかなあ？　こわそうな妖怪もいるけど、かわいい妖怪もいるし……でも、妖怪ってほんとにいるのかな？　さっきまでここの席にすわってた人はね、鬼《おに》ごっこで転んで、今病院にいるんだけど、妖怪なんて人間が作ったものだから、いるわけないっていってたんだ」

「沙奈ちゃんも、妖怪なんて、信じない？」

「うーん……、わかんない。もしほんとに妖怪に会えたら、信じると思うけど、まだ会えてないし……。これ、妖怪に会いに行くツアーのはずなんだけどね。そうそう、このツアーってね――」

あたしは口元を手でおおい、声をいっそう小さくした。

「なんかヘンなの」

感じていたことを、つい口に出してしまった。

「なにが、ヘンなの？」

そう聞かれてから、うまく説明できないことに気づく。あたしって、バカだな。

「それはね……参加者がみんなバラバラで、仲よくできない感じで、つまんないの」

ヘンな理由をみんなのせいにしちゃった。

そして、いそいで話題を変えた。

「ねぇ雨宮《あめみや》くん、リンゴのマフィン食べない？　さっき道の駅で買ったの。青森《あおもり》のリンゴが入ってるんだって」

袋《ふくろ》をあけると、すっきりとした甘《あま》い香《かお》りが広がった。

「わぁ、いいにおい。リンゴの香りだ。あたし、こういうの好き。雨宮くんも食べて。これは、自分用に買ったやつだから」

あたしは、リンゴの果肉が入っているという二口サイズのマフィンを、雨宮くんにも一個《こ》わたした。

「リンゴのマフィン……？」

雨宮《あめみや》くんは、マフィンをはじめて見るみたいにながめまわす。それから、小さい口でちょっぴりかじると、細い目をまん丸くした。

「おいしい」

小さい声だけど、感動したみたい。あんまりうれしそうに食べるから、もう一個《こ》あげた。

雨宮くんは、それもおいしそうに食べると、青白い顔にうっすらと笑《え》みをうかべて言った。

「沙《さ》奈《な》ちゃんは、親切な人なんだね」

そう言われてうれしくなった。雨宮くんは、まじめで素直《すなお》そうだから、ウソやおせじではない気がする。でもあたしは、てれかくしにこう言った。

「そ、そうかな？　友だちには、ちょっとウザいよって言われることもあるけど」

「ウザくなんてないよ。このツアーのこと、教えてもらえてよかったし、リンゴのマフィンもおいしい」

雨宮くんは、またかすかにほほえんだ。

「あ、あたしってね、まわりの人のことが気になっちゃうっていうか、自分さえよければっていうのが、許《ゆる》せないっていうか、そういう性格《せいかく》なの。たぶん、五人きょうだいのせいだと思うんだ」

「五人きょうだい？　きょうだいがいっぱい、いるんだね」

「うん。めずらしいでしょ。その一番上があたし。だから、弟や妹たちがケンカしたときは仲直りさせたり、みんなの意見がバラバラなときはうまくまとめたり、だれかがズルいことしているときは、その証拠《しょうこ》を見つけて怒《おこ》ったり、大変なの」

「ほんとだ。大変そう」

雨宮《あめみや》くんは、心から同情《どうじょう》するように言った。

「だから、このツアーを楽しみにしてたの。四日間は、あのうるさい弟や妹たちとはなれられるって。でもね、ほんとにはなれてみると、なんかさびしくなってきて、今は、早く会いたいなって思ってるの。おかしいでしょ？」

すると雨宮くんは、首を横にふった。

「おかしくないよ。なにかをするとき、はじめる前のイメージと実際《じっさい》のことがちがうっていうの、あるよね」

「う、うん」

雨宮《あめみや》くんと話していると、なんかいやされる。こんな男子、うちのクラスにはいないな。

「青リンゴキャンディも食べる？　ほら、エメラルドみたいできれいでしょ？」

あたしは、緑色のキャンディを光にかざして見せた。

「うん。きれい」

雨宮くんはキャンディを口に入れ、にこにこした。

そうやってあたしは、今までつまらなかったバス移動《いどう》の時間をとりもどすように、しゃべりまくった。きょうだい一人一人のこと、お父さんお母さんのこと、担任《たんにん》の先生のこと、仲のいい友だちのこと、そしてあたし自身のこと。

雨宮くんは、ときどきおかしな質問《しつもん》をしながら、楽しそうに聞いてくれた。


気づくと、バスは坂道を登っていた。まわりはうっそうとした森林だ。

「間もなく、恐山《おそれざん》の霊場《れいじょう》に到着《とうちゃく》します。恐山は、日本三大霊場の一つで、死んだ人間に会える場所とも言われています。みなさんもひょっとしたら、亡《な》くなったおじいさんやおばあさんと会えるかもしれませんね」

美佳《みか》さんがそう言うと、だれかが質問《しつもん》した。

「妖怪《ようかい》には、会えないんですか？」

「もちろん、妖怪にも、会えるかもしれません。たとえば『雨降り小僧《あめふりこぞう》』とか。このあたりにはこんな昔話が伝わっています。あるとき、自分の娘《むすめ》を嫁入《よめい》りさせたキツネがこまっておりました。キツネの嫁入り行列は、人間に見つからないよう雨の中で行うのですが、ずっと晴れの日がつづいていたからです。そこでキツネは雨降り小僧にお願いをしました。『どうか、雨を降らせてください』と。雨降り小僧は『わかった』といって、手に持っていた提灯《ちょうちん》をひとふりしました。すると、青空でよいお天気なのに、雨が降ってきたということです」

ふーん、雨降り小僧って、雨を降らせることができる妖怪なんだ。と感心していると、きゅうにバスが停車した。山の中の上りカーブのとちゅうで、いったいどうしたんだろうと思っていると、美佳さんがひきつった顔で言った。

「みなさん、大変失礼いたしました。エンジントラブルのようです」

サングラスと白いマスクで顔をおおった運転手さんと、なにやら相談をはじめた。そう、あの運転手さんもヘンな感じ。「おはようございます」って声かけても、返事くれないし。

少しすると、美佳《みか》さんはこんなことを言った。

「今、車の整備士《せいびし》をよんでいますが、ここは山奥《やまおく》なので、到着《とうちゃく》まで時間がかかるようです。それで、みなさんだけ、先に歩いてホテルへ向かってください。この先に、ホテルへの近道があるらしいです」

「ええっ、ここから歩くの？」

「近道があるらしいって、はっきりしねーのかよ」

みんな、ぶつぶつもんくを言い出した。

でも美佳さんは、それをきっぱりとはねのけた。

「トラブルは予測《よそく》できません。注意していても起こるのです。あなたたちは、こんな山の中で、ただ何時間も待っていたいのですか？」

みんなしぶしぶバスから降《お》りる。荷物はおいていっていいと言われたけど、ここから山道を歩くのは、あたしも、なんかいやだなって思う。

そのとき、雨宮《あめみや》くんがひかえめな声で言った。

「あのう、ぼく、前に、そのグランドホテルに泊《と》まったことがあるから、近道、だいたいわかると思います」

すると美佳《みか》さんがすかさず反応した。

「ではみなさん、雨宮《あめみや》くんのあとについて、ホテルへ向かってください」

え、美佳さんは一緒じゃないの？　と思ったけど、それを聞く間もなく、あたしたちはバスから追い立てられた。

雨宮くんを先頭に、あたしたちは一列になって細い山道を登っていく。もくもくと歩く人もいれば、「わたし、山登りってきらい」「タクシーを呼《よ》べよ、タクシーをよ」などともんくを言う人もいる。あたしも、いくら近道だって、子どもだけでいいのかな、と不安を感じていた。

歩いているうちに、先頭の雨宮くんと二番めの男子との間が、かなりひらいてしまった。もうだいぶ歩いているのに、まわりは相変わらずうっそうとした森林で、建物の影《かげ》さえ見えない。それに辺《あた》りはうす暗くなってきて雨も降《ふ》りだした。

そのとき、うしろの方から話し声が聞こえた。

「わたしのうしろに、二人いたはずなんだけど、いなくなってるの」

「あれ、ほんとだ。あの二人、どうしたんだ？」

この山道、かなりきつくなっている。少しペースを落としてもらわないと、追いつけない人もいるんだ。三番めを歩いていたあたしは、息をきらしながら、先を行く雨宮《あめみや》くんによびかけた。

「ねぇ、雨宮、くーん、ちょっと、休もうよー」

ずっと登りなので、みんな息があがっている。運動が好きなあたしでも、けっこうこたえる。

雨宮くんがとまると、みんなその場にくずれるようにしゃがみこんだ。「ああ、つかれたー」「おなかすいたー」「まだかよ？　もう夕方だぜ」などと言いながら、もうしばらくは立てない感じだ。

あたしは残りの力をふりしぼり、先頭の雨宮くんのところまで登ると、息をきらしながら聞いた。

「ねぇ、雨宮くん、これ、ほんとに、近道、なの？　とちゅうで、まちがったり、してない?」

「だいじょうぶ。まちがってない」

雨宮《あめみや》くんは、ふつうに答える。

「だけど、もう、かなり、歩いて、みんな、ヘロヘロで――」

と言いながら、あたしは雨宮くんのようすがおかしいと思った。

つかれた感じがまったくない。やせていて青白くて、みんなよりも体力がなさそうなのに。これだけ坂道を登ってきたら、ふつうの人なら息があがるはず。

だけど雨宮くんはへいきな顔。それに、髪《かみ》の毛もほほもまったくぬれてないのは、なぜ……?

あたしはハッとした。

同時に、このツアーのなにかがヘンだと感じていたすべてのことがふき出した。

サングラスとマスクで顔をおおった不気味な感じの運転手さん。笑っていてもどこか冷たそうな添乗員《てんじょういん》の美佳《みか》さん。見学のあといなくなった人たち。そんなツアーにどういうわけか、とちゅうから参加している雨宮くん。

そう。一番ヘンなのは、雨宮《あめみや》くんだ。

あたしは、こわいというよりいきどおりを感じた。

「雨宮くん、これがホテルへの近道だなんて、ウソでしょ。あたしたちを、どこへつれて行く気なの？」

「……」

雨宮くんは無表情《むひょうじょう》だ。さっきバスの中でおしゃべりしていたときとは別人のように。

「答えてよ、早く！　ホテルへ行く気がないなら、あたしたち、いそいでバスまでもどらなきゃ。どんどん暗くなるし、雨も降《ふ》ってきたし。ねぇ、どうなの？　雨宮くん、正直に言ってよ！　とちゅうから参加した目的はなんなの？」

あたしは、雨宮くんの細い肩《かた》をつかんでゆすった。本当のことを言うまではなさない。

弟たちがズルしたときも、こうして白状《はくじょう》させている。

するとと雨宮くんが、やっと口をひらいた。

「わ、わかったよ。正直に言うよ」

あたしは、肩をつかむ手をゆるめる。

「ぼくが、このツアーに参加した目的は、みんなを神かくしにあわせること」

「カ、カミカクシ……？」

えーと、カミカクシってたしか……、子どもが行方《ゆくえ》不明になったときに、昔は、神さまがその子どもをかくしたと思われていて、「神かくし」と言った。そんなことだった気がする。だけど、みんなを神かくしってどういうこと？

雨宮《あめみや》くんはぼそぼそと話しだした。

「ぼくは雨降《あめふ》り小僧《こぞう》。さっき、雨を降らせたところだよ。この先へ行くと、大きな沢《さわ》がある。もうすぐ増水《ぞうすい》した川の水で土石流が起こるだろう。そのタイミングに合わせて、みんなを沢へつれて行くつもりだ」

あたしはゾッとした。

「そ、そんなことしたら、あたしたち、土石流にまきこまれて……」

「それが、神かくしにあうってことだよ。運がよければ、この土地の妖怪《ようかい》にとりこまれて、あの世へは行かないだろう。今までの見学地でいなくなった子どもたちは、その土地の妖怪たちにすでにとりこまれたんだ」

「な……」

あたしは息がつまった。

信じられない。あたし今、バスの中でいねむりして夢《ゆめ》をみてるのかな？

でも、はげしくなってきた雨粒《あまつぶ》が顔にあたって痛《いた》いから、やっぱり現実《げんじつ》だよね。

きゅうに、泣きたくなってきた。もう、悲しいのかくやしいのか、怒《おこ》りたいのかこわいのか、よくわからない。目から流れているのも、涙《なみだ》なのか雨なのかわからない。いろんな思いがごちゃまぜで、胸《むね》が苦しい。

「なんで、そんなことを、するの？」

あたしがつぶやくように聞くと、雨宮《あめみや》くんはたんたんとした口調でこたえた。

「妖怪《ようかい》は、怖《こわ》がられることで妖力を得るんだ。いつの世でも、妖怪はおそろしいものということを、人間にしめさなきゃいけない。だから、人間にとってだいじな子どもたちをとりこむ」

「だめっ！」

あたしは、雨宮くんに食いつくように言った。

「そんなのぜったいにだめ。あたし、家に帰りたい。みんなもそうだよ。明日は家に帰れるって信じているんだよ」

「あんたたち、いつまで休んでる気？」

そのとき、参加者の一人が近づいてきた。おとなしい感じで話しかけにくいと思っていた女の子だ。でもそれにしては、高飛車《たかびしゃ》な言いかただ。

「そろそろ進まない？　雨降《あめふ》り小僧《こぞう》」

えっ、この人は雨宮《あめみや》くんの正体を知ってたの？　とあたしが目を丸くしていると、その女の子はみるみる顔も服も変化していって、おかっぱ頭で着物を着た女の子になった。その子はあたしと目が合うと、「きゃははは」と笑った。

「びっくりした？　わたし、今朝から北上花《きたかみはな》と入れかわってたんだけど。それより雨降り小僧、ぐずぐずしてるひまないんじゃない？　土石流のタイミングに合うように、子どもたちを沢《さわ》までつれて行くってことになってたじゃん」

「う、うん……」

雨宮くんが小さくうなずく。

あたしは心底ふるえあがった。この女の子は座敷《ざしき》わらしだ。やっぱりあの場所でも、とりこまれていたんだ。それならきっと、ナマハゲの里でケガをしたという鈴木《すずき》くんも。そしてこのままでは全員が……。

「ねぇ、雨宮《あめみや》くん、あたしたちを助けて。あたし、家に帰らなきゃならないの。だってあたしがいなくなったら、きょうだいがバラバラになっちゃうの……」

すると座敷《ざしき》わらしが、キンキン声で叫《さけ》んだ。

「雨降《あめふ》り小僧《こぞう》、早く出発しなよ！」

あたしは、雨宮くんに手を合わせる。

「雨宮くん、助けて。お願い！」

でも無表情《むひょうじょう》な雨宮くんは、返事をしてくれない。こうなったら、早くみんなに知らせて、ここから逃《に》げなきゃ。

大粒《おおつぶ》の雨が降《ふ》る中、あたしはみんなが休んでいるところまで下った。

「みんなー、来た道をもどってーっ。ここから先は、危険《きけん》なの。この雨で、土石流が起こりそうなのーっ！」

みんなはだるそうに立ちあがると、ぶつぶつ言いながらも来た道をくだりはじめた。あたしはうしろから「早く、いそいで！」と追い立てる。

するとうしろから、雨宮《あめみや》くんの叫《さけ》び声がした。

「だめだーっ。そっちはあぶなーい！　来るとちゅうでわたった沢《さわ》があっただろ。あの沢も危険《きけん》なんだ。行っちゃだめだーっ」

あたしは、ふり返って雨宮くんをにらんだ。

「じゃあ、どうすれば助かるの？」

「沢すじは、どこでも土石流の危険がある。できるだけ尾根《おね》を歩いたほうがいい。そうして山の上の湖を目指そう。ぼくのあとについてきて」

雨がザーザー降《ふ》る中だけど、雨宮くんの声にはハリがあり、全員に伝わったようだ。みんなのろのろと、雨宮くんのあとを歩きはじめる。

あたしは、いっしゅんためらった。だって雨宮くんは、あたしたちを神かくししようとしているのに、その雨宮くんについて行っていいの？

でもなぜだか、雨宮くんを信じたいと思った。というか、それより他に、どうすればいいかわからない。あたしもみんなと、雨宮《あめみや》くんのあとをついて行くことにした。

雨宮くんは、道なき道を登って行った。あたしは「山登りなんてきらい」といった女の子をはげましながら、一番あとについた。

土砂降《どしゃぶ》りの中、木の枝《えだ》やつるにつかまりながら、必死で登った。体はとっくにずぶぬれ。急な坂では何度も足をすべらせた。とちゅう、ゴオオオオーッという音が聞こえて地面がゆれた。土石流が起こったみたい。両足が、がくがくとふるえた。

それでもあたしたちは、顔も手も足も泥《どろ》だらけになりながら、とにかく必死で登りつづけた。

雨は、だんだんに弱まってきた。

そうして雨がすっかりやんだころ、やっと、目指す湖にたどりついた。

もう、すっかり暗くなっていたけど、湖の上にのぼった月がすごく明るくて、辺《あた》りのようすやみんなの顔もわかった。

紺色《こんいろ》の空、静かで黒い森の影《かげ》、銀色の月をくっきりと映《うつ》す鏡のような湖。こんな景色を見たのははじめてだ。この世のものとは思えないくらい、とてもきれい。

でももう、みんなつかれきっていた。湖のほとりの砂《すな》の上にへたりこむ。あたしも、これ以上は歩けないと思った。

そのとき、真横に立つ看板《かんばん》を見つけ、ぎくりとした。

「極楽浜《ごくらくはま》」と書いてある。

極楽って、あたしたちまさか、死んでるの？

だから湖も山も月も、この世のものとは思えないくらい美しいのかな？　雨宮《あめみや》くんは、やっぱりあたしたちを……と思っていると、雨宮くんが目の前に現《あらわ》れた。

「ここはウソリ湖。恐山《おそれざん》の霊場《れいじょう》の近くだよ。ごつごつした溶岩《ようがん》のかたまりが多い場所は地獄《じごく》と呼《よ》ばれているけど、この湖のあたりはとてもきれいだから、極楽浜と呼ばれているんだ」

雨宮くんは、バスの中で話していたときのような、やさしい感じで言った。

「じゃあ、あたしたちはまだ生きていて、神かくしにもあっていないの？」

「うん」

「助けてくれたんだね。ありがとう」

「ぼく、まよったんだ。ほんとは、計画通りにしなきゃいけなかったんだけど……」

雨宮《あめみや》くんがうつむく。

そのとき、聞き覚えのある声がした。

「そうね。きっと妖怪結社《ようかいけっしゃ》のおえらいさんたちに、しかられるわね。わたしもふくめて」

添乗員《てんじょういん》の四角美佳《しかくみか》さんだった。いつのまにか、腕《うで》をくんだ美佳さんが近くにいて、あたしを見下ろしていた。

「でも少しは、人間をこわがらせることが、できたんじゃないかしら？」

少しなんてもんじゃない。このことは一生忘《わす》れない。あたしはさっきまでのことを思い出して、身ぶるいした。

美佳さんが、

「さ、もう行きましょ」

と雨宮くんをうながした。

「あ、待って！」

あたしは、立ち去ろうとする二人に手をのばす。

「今までにとりこまれた人たちは、どうなるの？　ねぇ、雨宮《あめみや》くん」

「それは、あの妖怪《ようかい》たちが――」

と言いかけた雨宮くんを、ふりむいた美佳《みか》さんがにらんだ。

雨宮くんは口をとじ、美佳さんにしたがって歩き出す。その後は、あたしがいくら呼《よ》びかけても、答えてくれなかった。

二人は湖の方へ向かいながら少しずつ透明《とうめい》になっていって、やがて消えてしまった。

あとには黒い森の影《かげ》と、銀色の月を映《うつ》したきれいな湖だけが見えていた。


あたしたちは、恐山《おそれざん》の霊場《れいじょう》で売店をしているおばさんに発見され、警察《けいさつ》に保護《ほご》された。いろいろと質問《しつもん》されて、あたしは正直に答えたのだけれど、警察の人はあたしの話を信じてないみたいだった。

いなくなったひとたちは、全国で行方《ゆくえ》を探されているらしい。あたしは、早く見つかってほしいと思っている。


（野泉マヤ・文）

堀米《ほりごめ》 薫《かおる》
福島県生まれ。宮城県在住。『チョコレートと青い空』(そうえん社）で日本児童文芸家協会新人賞、『あきらめないことにしたの』（新日本出版社）で児童ペン大賞受賞。作品に「みちのく妖怪ツアー」シリーズ（共著）『はくさいぼうやとねずみくん』「あぐり☆サイエンスクラブ」シリーズ、『林業少年』（ともに新日本出版社)、『ゆうなとスティービー』(ポプラ社）等。日本児童文芸家協会会員。

佐々木《ささき》ひとみ
茨城県生まれ。宮城県在住。『ぼくとあいつのラストラン』（ポプラ社）で椋鳩十児童文学賞受賞（映画「ゆずの葉ゆれて」原作)。作品に「みちのく妖怪ツアー」シリーズ（共著・新日本出版社)、『兄ちゃんは戦国武将！』（くもん出版)、『ストーリーで楽しむ伝記　伊達政宗』（岩崎書店)、『七夕の月』（ポプラ社）等。日本児童文学者協会・日本児童文芸家協会会員。

野泉《のいずみ》マヤ
茨城県生まれ。宮城県在住。『きもだめし☆攻略作戦』(岩崎書店）で福島正実記念SF童話賞大賞受賞。作品に「みちのく妖怪ツアー」シリーズ（共著・新日本出版社)、『へんしん！　へなちょこヒーロー』（文研出版)、「満員御霊！　ゆうれい塾」シリーズ（ポプラ社）等。日本児童文芸家協会会員。

東京《とうきよう》モノノケ
静岡県生まれ。ご当地歴史キャラや企業マスコットのデザイン等さまざまな分野で活動。単行本の仕事に「みちのく妖怪ツアー」シリーズ（新日本出版社)、「もののけ屋」シリーズ（静山社）等。

みちのく妖怪《ようかい》ツアー

2018年8月25日　初　版　　NDC913 158P 20cm
2023年2月20日　第３刷
作　者　佐々木ひとみ・野泉マヤ・堀米薫
画　家　東京モノノケ
発行者　角田真己
発行所　株式会社新日本出版社
〒151-0051　東京都渋谷区千駄ヶ谷4-25-6
営業03(3423)8402
編集03(3423)9323
info@shinnihon-net.co.jp
www.shinnihon-net.co.jp
振替　00130-0-13681
印　刷　光陽メディア　　製　本　小泉製本

落丁・乱丁がありましたらおとりかえいたします。

ISBN978-4-406-06271-8　C8093　Printed in Japan